랑

랑 2 (큰글씨책)

초판 1쇄 발행 2020년 3월 25일

지은이 김문주
펴낸이 강수걸
편집장 권경옥
펴낸곳 산지니
등록 2005년 2월 7일 제 333-3370000251002005000001호
주소 부산광역시 해운대구 수영강변대로 140 BCC 613호
전화 051-504-7070 | 팩스 051-507-7543
홈페이지 www.sanzinibook.com
전자우편 sanzini@sanzinibook.com
블로그 sanzinibook.tistory.com

ISBN 978-89-6545-042-9 04810
978-89-6545-040-5 (세트)

* 책값은 뒤표지에 있습니다.
* 이 도서의 국립중앙도서관 출판예정도서목록(CIP)은 서지정보유통지원시스템 홈페이지(http://seoji.nl.go.kr)와 국가자료공동목록시스템(http://www.nl.go.kr/kolisnet)에서 이용하실 수 있습니다.(CIP제어번호: CIP2020011475)

랑 2

김문주 장편소설

산지니

등장인물

준정

삼산공의 딸로 어릴 때부터 활을 잘 쏘아 신궁 소리를 듣는다. 이차돈을 통해 불교를 받아들이고 그를 사모하게 된다. 이차돈이 죽은 후 불교를 공인한 법흥왕의 뜻을 받들어 랑이 된다.

남모

법흥왕과 백제공주였던 보과 부인 사이에서 태어난 딸로 검술 솜씨가 뛰어나다. 준정과 함께 랑이 되고 원화가 되나, 백제에서 온 사신 백아를 흠모하게 되면서 신분과 사랑 사이에 갈등을 겪는다.

법흥왕

신라의 23대 왕. 이차돈의 순교 후 불교를 공인하여 신라 불교의 기틀을 다진다. 신라의 낭도교육의 체계를 잡아 준정을 원화로 삼는다. 딸인 지소와 태자 책봉 문제로 갈등을 겪는다.

지소

법흥왕의 딸로, 태자로 태어나지 못한 한을 품고 산다. 결국 법흥왕의 아들인 비대공을 몰아내고 자신의 아들인 삼맥종을 왕의 자리에 앉혀 태후가 되어 섭정한다.

이차돈

불교가 금지된 신라에 불법을 전파하기 위해 자신을 목숨을 바친다. 준정의 연인이지만 불교를 위해 사심을 버린다.

백아(사아)

백제의 왕자로, 신분을 속이고 금관가야의 왜관에서 백제의 영향력을 키운다. 사신으로 간 신라에서 만난 남모를 사모하여, 요가 남모를 죽이려 하자 그녀를 구하려 애쓴다.

요 스님

준정의 스승이자, 준정을 낳고 죽은 준정 어머니의 오래된 벗이다. 평등한 이상세계를 꿈꾸며 그 실현을 위해 법흥왕과 원화를 해칠 계획을 세운다.

유수

남모의 호위무사로 남모를 연모하며 언제나 그 곁을 지킨다. 남모를 노리는 무리의 화살을 대신 맞고 운명한다.

김무력

금관가야의 셋째 왕자. 법흥왕이 금관가야를 합병한 뒤 신라에 와 각간이 되고, 낭도들과 함께 전투에 참여한다.

미진부

아시공와 삼엽 공주 사이에서 난 아들로 외모가 출중하고 실력이 뛰어나다. 준정을 연모하지만 왕가의 명으로 남모과 혼인한다.

김휘

금관가야의 왕족. 가야가 신라에 합병된 후, 신라에 저항하여 낭도들의 위협하는 음모를 꾸미다가 발각되어 자결한다.

천관

서민 출신의 낭도. 실력이 뛰어나 낭도에 들어 낭두가 되지만, 신분 차이에서 오는 차별을 참지 못해 난을 일으킨다.

위화랑

법흥왕과 친분이 두텁고 인물이 수려하여 많은 여인들의 흠모를 받았다. 여러 랑들을 이끌며 낭도들의 교육을 맡고, 신라 화랑의 초대 풍월주가 된다.

이사부

지증왕 때 우산국을 정벌하고 동해의 왕으로 불리다가, 법흥왕 시절에 월궁에 들어와 낭도들을 이끌고 지소의 남편이 된다.

옥진

오도 부인과 위화랑 사이에서 난 딸. 왕의 여인이 되기 위해 노력하여 결국 법흥왕의 후비가 되어 아들 비대공을 낳는다.

료헤이

백아와 함께 금관가야의 왜관에 있던 인물. 백아를 각별히 따랐으나, 낭도들과의 전투 중 유수의 칼에 죽는다.

삼산공

준정의 아버지. 준정이 활을 쏘는 것을 반대했지만, 신궁이었던 어머니를 닮은 것이 운명이라며 준정이 낭도에 들 것을 허락한다.

비대공

옥진과 법흥왕 사이에서 난 아들. 왕의 사랑을 받는 아들이었으나 지소와의 권력다툼에서 밀려나 궁을 나온 후 스님이 된다.

잠개

혼인을 약속한 여인이 순장을 당한 후 준정의 집에 와 있게 된 노비. 석벽에 관세음보살상을 새기며 준정의 마지막을 지킨다.

보도 왕후

법흥왕의 정실 부인으로 지소의 어머니. 허리에 칼을 차고 다니는 강직한 성품의 왕후이나 법흥왕의 사랑을 받진 못한다.

오도 부인

왕의 여자를 키우는 대원신통의 여인. 위화랑과의 사이에서 옥진을 낳은 후 신당으로 쫓겨나 지낸다.

차례

3 월궁

4 화랑

동해왕 이사부

"낭도들이 실전을 치르게 될지 모르오."

이사부는 고개를 들어 왕을 보았다. 회의를 마친 후 그는 왕과 독대를 하고 있었다.

왕은 전쟁을 멀리하고 살생을 싫어하여, 서라벌 내에서는 사냥도 금하였다.

"선화와 원화가 지난 삼 년 동안 낭도들을 잘 이끌어왔소. 허나 낭도들이 전투에 참여하게 된다면, 경험이 많은 그대가 대장군을 맡아 지휘해주시오."

이사부의 이마에 주름이 깊은 연륜을 새기고 있었다. 그는 이십 대에 우산국을 정벌하고, 실직 군주와 하슬라 군주로 지내며 이미 '동해왕'으로 불렸다. 그런 그에게 나이 어린 랑들과 함께 하라는 왕의 말은, 자신을 홀대하는 듯한 느낌을 들게 했다. 그런데 이제 왕의 뜻을 알았다. 그들이 앞으로 어쩔 수 없이 겪게 될 전쟁, 그것을 이사부에게 맡긴 것이다.

"금관가야를 합병한 후 가야연합들이 우리 신라를 견제하고 있소. 금관군에서 왜군들이 끊임없이 말썽을 일으키고 있는데, 이것은 탁순국*과 연결되어 있소이다. 탁순국 합병을 도모하기 위해 내가 이찬을 사신으로 보냈으나, 탁순국은 사신을 거부하였소. 게다가 백제가 호시탐탐 탁순국을 노리고 있소. 하여 금관군에 가서 왜관을 정비하고 탁순국의 합병을 도모해야 하오."

왕을 보는 이사부의 눈이 강렬하게 빛났다.

"탁순국을 합병한 후 앞으로 대가야까지 합병하기 위해선 낭도들이 많은 전투를 겪어야 할 것이며, 이번이 그 시작이오."

대가야까지 합병한다! 이사부는 동쪽 바다에서만 지내던 자신에게 이제 서라벌에서 새로운 대의가 생겼음을 직감했다.

"김무력과 남모를 하루 먼저 탁순국에 사신으로 보냅시다. 그다음 날 이사부는 낭도 수련을 명분으로 낭도들을 이끌고 금관군으로 향하시오. 우리 낭도들의 위용을 과시하여 가능한 최소한의 희생으로 탁순국의 합병을 이끌어내야 하오."

일어서는 이사부에게 왕이 한 마디 더했다.

"또한, 앞으로 이사부가 우리 비대공에게 힘이 되어주시오."

왕과 옥진 사이에서 난 비대공을 태자로 세우고 싶다는 뜻인 듯했다.

---

* 가야국 옆에 있던 소국. 지금의 창원 인근에 있었던 나라로 추정된다.

"그대는 선대인 지증왕 시절부터 지금까지 신라를 위해 삶을 바쳐 충성했소. 그대의 충성심과 지혜로 비대공을 잘 인도해주시오."

이사부는 말없이 고개를 숙이고 남당을 나왔다.

수련을 마친 낭도들이 남문 아래 계곡에서 등목을 하고 있었다. 이사부는 선화당에 들어 왕명을 전달했다. 철마다 명산대천을 찾아가 수련하는 것은 낭도들의 연중행사였다. 이번에는 금관군으로 가기로 되어 있었다. 그러나 낭도들은 거기서 수련이 아니라 첫 전투를 경험하게 될 것이었다.

"이것은 우리 랑들만이 알고 있는 일입니다. 계획을 성사시킬 때까지 모든 사항을 비밀로 하여야 합니다."

"낭도들도 눈치 채지 못하게 해야 한단 말씀이지요?"

준정의 걱정스럽게 물었다.

그때였다. 미진부의 낭두가 밖에서 급히 아뢰었다.

"랑! 큰일 났습니다. 낭도들 간에 다툼이 생겼습니다."

랑들과 준정은 남문 계곡으로 향했다. 십수 명의 낭도들이 엉키어 물에서 싸우고 있었다. 미진부의 낭도들이 많았다. 미진부와 준정이 계곡으로 내려갔다.

"뭐하는 짓이냐!"

미진부의 호통에 낭도들이 물속에서 일어났다. 여러 명의 낭도가 물을 먹어 기침을 하고 몇몇은 입술이 터지고, 무엇에 얻어맞기라도 했는지 여기저기 상처가 나 있었다.

"이랑! 어찌 된 일이냐?"

미진부가 낭두인 이랑에게 물었다. 이랑이 머뭇거리자 옆에 있던 낭도가 말했다.

"이랑은 잘못이 없습니다. 저희들을 말리려다…… 새로 들어온 천관이 무례하여 저희가 천관을 혼내주려고 했는데, 다른 평민 낭도들이 합세하는 바람에 일이 커졌습니다."

천관은 서민 출신의 낭도였다. 미진부가 천관을 부르자 천관은 앞으로 나섰다. 커다란 눈이 불안한 듯 미진부의 눈치를 살폈지만, 그의 목소리는 억울함이 실려 있었다.

"제가 늦게 낭도에 들어왔으니 낭도들의 등목을 도와야 한다면 군말 없이 응했을 것입니다. 그런데 신분이 낮으니 앞으로 등을 미는 일을 맡아 해야 한다는 말에 그만……."

천관의 목소리가 울컥 했다. 귀족집안의 낭도들이 천관을 무시하고, 천관이 이에 반항하여 싸움이 일자 평민 출신 낭도 몇 명이 천관에게 합세하여 일이 커진 것이었다.

준정이 옆에 와 서자 낭도들은 얼른 웃옷을 입고 예를 갖추었다.

"낭도들끼리 싸움을 하다니요. 같이 수련을 하는 낭도들 사이에서는 귀족과 서민의 구분이 없습니다. 귀족일수록 더 모범을 보여야 합니다. 귀족은 일반 서민들의 희생을 바탕으로 존재하기 때문입니다."

활시위처럼 팽팽한 준정의 말에 낭도들은 고개를 숙였다.

"백성들이 있기에 귀족이 귀족행세를 할 수 있다는 것을 명심하세요. 나라의 질서를 위해 신분이 있지만, 그렇다고 귀족이 특권만을 고집해서는 안 됩니다. 귀족들이 오히려 서민을 위하고 그들을 보살펴야 합니다."

이랑을 비롯한 귀족 자제 낭도들이 준정 앞에 무릎을 꿇었다.

"원화! 저희들이 잘못하였습니다."

준정은 천관을 위로한 후 말했다.

"허나, 불합리한 경우라 하더라도 낭도와 싸워서는 안 됩니다. 또한 천관을 감싸기 위해 집단으로 평민 낭도들이 합세하였다니! 이 또한 낭도들 사이에서 있어서는 안 될 행위 아닙니까?"

준정의 목소리는 조용한 계곡을 깊이 울렸다. 천관과 평민 낭도들도 원화 앞에 무릎을 꿇었고 잘못을 빌었다. 이사부가 원화 곁에 와 서며 말했다.

"하하, 원화께서 잘 말씀하셨습니다. 한 가지 청을 올리겠습니다. 제가, 소란을 일으킨 이 낭도들에게 벌을 주어도 되겠습니까?"

엄격하던 준정의 표정이 부드럽게 풀어졌다.

"예, 이사부께서 알아서 처분해주십시오."

이사부는 꿇어앉은 낭도들에게 힘 있게 말했다.

"수영 훈련을 하겠으니 모두 물속에 들어가라. 끝까지 살아남는 낭도를 임시 낭두로 임명하여 하계수련 전까지 낭도들의 수영교육을 맡기기로 하겠다!"

꿇어 앉아 있던 낭도들은 모두 물속에 들어가 헤엄을 치기 시작했다. 이사부는 낭도들을 계곡 깊은 곳에 데리고 가 물속에서 버티라고 했다. 몇 명은 물을 먹고 밖으로 나왔다. 천관과 몇몇 낭도들은 기운이 빠지는 기색 없이 쉬지 않고 헤엄을 쳤다. 둘러싼 많은 낭도들이 그들을 응원하기 시작했다. 천관을 비롯한 낭도 대여섯 명이 수영이 능숙하여 하계수련까지 임시 낭두를 맡기로 했다. 이사부는 천관이 자랑스러운 표정을 숨기며 눈물을 훔치는 것을 보았다.

지소는 왕이 랑들에게 비밀리에 특명을 내린 것을 알았다. 남모와 김무력을 먼저 보내 탁순국을 회유하고, 하계 낭도수련을 빌미로 낭도들을 출정시킨다는 계획이었다. 지소는 어둠이 내린 후 자추사로 향했다.

대나무 숲에선 바람을 가르는 소리가 날카롭게 들려왔다.

"어허! 어둠을 가르라고 했지 대나무 가지를 베라고 했느냐!"

요의 목소리가 고요한 대나무 숲을 울렸다. 준정은 원화가 된 후 몇 년 동안 쉼 없이 검술을 단련하고 있었다.

"어둠은 물이다. 벨 수는 없으니 어둠의 틈 사이를 정확하게 노려야 한다. 방심하면 살아 있는 생명이 다치게 된다."

요의 수련은 혹독했다. 부드럽게 움직이다가 절도 있게 검을 휘두르는 것은 순간이었다.

“어쩐 일이신지요?”

어느 틈에 요가 곁에 와 있었다. 지소는 당황하여 잠시 숨을 쉴 수가 없었다. 요에게선 새파랗게 날이 선 대나무 향이 느껴졌다.

“수련 중이시라 기다리고 있었습니다. 원화를 잠시 뵙고자 합니다.”

땀에 흠뻑 젖은 준정이 지소를 보고 다가왔다.

“요 스님께서 너무 혹독하게 수련을 시키시나 봅니다. 준정 원화는 이미 남이 따를 수 없는 경지에 드셨을 텐데요.”

지소의 말에 요가 웃을 듯 말 듯한 미소를 보였다.

“제 탓이 아닙니다. 준정이 여인이기를 거부하고 그저 불자로만 지내고자 하니, 긴 밤이나 짧은 밤이나 저와 수련을 하는 일밖에 더 있겠습니까?”

요의 말에 지소는 긴장을 풀고 농담처럼 말했다.

“원화를 흠모하는 낭도들이 많다고 들었습니다. 원화시라면, 누구든 마음만 먹으면 취할 수 있을 텐데요.”

“원화가 되었으면 세상 이치를 통달해야 할 터인데, 아직도 음양의 조화를 모르니 준정의 생각이 저리 뻣뻣합니다.”

“그것은 원화가 스승을 닮은 것이 아니겠는지요?”

“나는 준정과 다릅니다. 꽃으로 피어나고 싶은 시절이 있었지요.”

내게도 그런 열정이 있었던가 지소는 생각했다.

"지금도 늦지 않았습니다. 마음에 드는 분이 계십니까?"

"위화랑 같은 분이지요. 내가 진작 그런 사내를 만났다면, 꽃이 되었지 중이 되진 않았을 것입니다."

"한때 월궁 안의 모든 여인들이 위화랑만 바라보던 시절이 있었지요."

요가 혼잣말처럼 중얼거렸다.

"헌데 저는 이제 다 시들었나 봅니다."

요는 준정의 손에 들린 검 두 개를 거두어 돌아섰다. 요가 대나무 숲을 나간 뒤 지소가 말했다.

"요 스님은 가늠을 하기 힘드신 분입니다. 속에는 뜨거운 열정이 살아 있는데, 늘 그 열정을 잘라버리시는 듯해요."

그 순간 준정이 다가왔다.

"어쩐 일이신지요?"

준정 역시 요를 닮은 구석이 있었다. 온정을 감추고 늘 냉정해지려 애쓰는 사람 같았다.

"옥진 궁주가 원화께 비대공의 스승이 되어달라고 청하였는데, 거절하셨다고 들었습니다. 원화다운 처신이라고 생각해요."

준정은 눈을 내리깔고 대답이 없었다.

"제가 우리 삼맥종의 스승이 되어달라고 하면 역시 거절하시겠지요?"

비대공은 열한 살이 되면서 의젓하게 성장하였으나, 이제 세 살인 삼맥종은 너무 어렸다. 지소는 준정이 자신의 사람이 되어

주길 바랐으나 준정은 거리를 두고 대하려 했다.

"이번에 낭도들이 실전에 투입될 위험이 있다고 들었어요. 제가 왕궁군사 이백 명을 원화의 낭도로 보내겠습니다. 실전 경험이 있는 노련한 병사들이라 큰 힘이 될 것입니다."

"감사합니다, 공주님."

"원화와 선화께서 낭도들을 잘 훈련하였으니, 너무 걱정하지 않아도 될 것입니다."

"저야 한참 부족합니다. 부처님의 자비로움이 함께하고, 대장군인 이사부께서 잘 이끌어주시리라 믿습니다."

준정은 지소와 눈을 마주치며 담담하게 말했다.

낭도들이 금관군으로 떠나기 전날, 지소는 이사부를 뵙고자 청했다. 햇살이 기울 때쯤 지소는 몸을 씻고 화장을 했다. 서역에서 들여온 향수를 귀걸이 뒤에 살짝 뿌렸다. 사모가 이사부가 들었다고 아뢰었다.

이사부가 들어서자 푸른 물빛 기운이 방에 가득 찼다. 낭도들과 계곡에서 등목을 하고 오는 길인지 귀밑머리가 젖어 있었다.

"이번에 이사부께서 대장군이 되어 낭도들을 지휘하신다 들었습니다. 여태껏 이사부가 이끈 전투는 패한 적이 없지요. 저는 이사부만 믿습니다."

지소의 말에 이사부가 대답을 하려다 잠시 머뭇했다. 그리고는 눈빛이 부드러워지며 지소를 보고 웃었다.

"언젠가 청년 시절, 제가 선대왕의 명을 받아 왜를 치러 나갈 때, 어린 공주님이 제게 와서 하신 말씀이 생각납니다. 그때도, 저는 이사부만 믿습니다, 하셨지요."

"제게는 이사부가 가장 믿을 만한 분입니다. 그때나 지금이나, 그리고 앞으로 우리 삼맥종에게도 이사부께서 힘이 되어주시겠지요?"

"소신이 할 수 있는 일이라면 당연히 받들어 모시겠습니다."

이사부의 말이 시원했다.

"헌데, 입종공의 병환은 좀 어떠하십니까?"

"차도가 없습니다. 원래 병약한 분이셨지요."

사모한 적 없는 사내의 여인이 되어 왕자를 생산하는 것이 무슨 의미일까. 이제는 그 왕자를 지켜줄 사람이 필요했다.

"저는 궁에 의지할 사람이 없습니다. 입종공께선 자신의 아들조차 지켜주지 못할 형편이니까요."

지소는 안타까운 표정으로 이사부를 보았다.

"옥진이 비대공을 태자에 앉히려고 귀족들을 회유하고 있어요. 정통성이 없는 비대공이 태자가 된다면, 부왕께서 강화해오신 왕권이 하루아침에 무너집니다. 적통 성골은 저와 우리 삼맥종밖에 없습니다."

지소의 눈에 눈물이 맺혔다. 그 눈을 바라보는 이사부의 눈빛이 흔들렸다.

"이사부께서 제 기둥이 되어주셔야 합니다."

지소는 굵은 눈물을 흘리며 애처롭고 단호하게 말했다. 가만히 지소를 바라보던 이사부가 고개를 숙이고 말했다.

"소신 공주님께 힘이 되어 드리겠습니다. 염려 마십시오."

이사부는 입종공과 나이가 비슷했다. 흰머리가 희끗희끗 보이긴 했지만, 수련으로 단련된 몸은 낭도들 못지않은 젊음을 자랑했다.

이런 사내였다면, 어릴 때부터 그런 생각을 했었다. 이런 사내라면…… 지소는 이사부의 손을 꼭 잡았다. 변방에서 군사들을 지휘한 장수의 손이라 마디가 굵고 굳은살이 느껴졌다.

"저를 믿으십시오, 공주님."

지소의 처소를 나오던 이사부는 삼맥종과 마주쳤다. 이사부는 호탕하게 웃으며 삼맥종을 들어올렸다.

"왕자님! 검술 솜씨는 좀 느셨습니까?"

"네, 저와 또 검술놀이 해주세요."

어리광을 부리는 삼맥종을 이사부는 꼭 안았다. 작은 어깨가 애처로웠다.

국경의 하룻밤

낭도들의 출전 전날, 김무력과 남모는 왕의 특명을 받고 탁순국을 향해 출발했다. 금관군을 경유하여 탁순국으로 가 정황을 살펴야 했다. 유수가 낭도 몇을 데리고 호위를 맡았다.

"황산강 푸른 물을 다시 보니 반갑습니다."

남모의 말에 김무력은 감격스러운 표정을 지었다. 강을 바라보는 그의 눈빛이 아련했다. 가락국의 젖줄이었던 강이 이제는 신라의 것이 되었다. 유수도 처음 보는 황산강의 바람을 깊이 들이마셨다.

강을 건너자 금관군의 군주가 마중을 나왔다. 금관군의 행정을 책임지는 금관도사는 옛 구형왕의 친척인 가야 왕족이 맡았지만, 군사 책임자인 군주는 신라의 왕족이었다.

"왜가 자주 왜관을 침범한다고 들었소. 상황이 어떠하오?"

김무력의 말에 금관군주가 말했다.

"각간께서도 아시다시피 왜관은 옛 가락국 안에서도 가락국의 지배를 받지 않는 영역이었습니다. 가락국과 신라의 합병이 못마땅한 가야 소국들과 왜가 합세하여 계속 문제를 일으키고 있습니다. 특히 탁순국이 우리에게 적대적입니다."

금관군주의 자세한 설명을 듣은 뒤, 남모가 길을 재촉했다.

"탁순국이 백제의 침략을 받을 위기에 처해 있어요. 이때 신라가 그들을 도와 탁순국 스스로 우리에게 협력하게 만들어야 합니다. 국경까지 안내해주십시오."

"예, 국경까지 가면 이미 날이 어두워져 산을 넘기 힘들 것입니다. 국경의 역관에 숙소를 마련하였습니다. 그곳 역관은 탁순국와 안락국, 그리고 왜관을 드나드는 귀족과 상인들이 거쳐 가는 곳입니다. 이곳 왜관의 책임자 한 사람을 그곳에 보내 만반의 준비를 해두어라 일렀습니다."

말을 갈아타자 날이 저물었지만 길을 재촉했다. 탁순국과의 국경지에 닿았을 때는 저녁때가 되었다.

횃불을 밝히고 있는 집들이 낮은 산마루에 모여 있었다. 국경의 역관이었다. 국경을 오가는 부유한 상인들이 거쳐 가는 곳이라 집채가 크고 그 형상이 예사롭지 않았다.

역의 관리가 군사들을 데리고 마중을 나왔다. 그 옆에는 지방 귀족인가 싶은 남자가 흰옷을 입고 서 있었다.

"멀리서 오시느라 노고가 많으셨습니다. 이쪽은 왜관에서 상인들을 관리하는 책임자입니다."

흰옷은 입은 귀족이 공손히 고개를 숙였다.

"백아라 합니다. 안으로 드시지요."

말에서 내린 남모가 휘청거렸다. 유수가 얼른 남모의 팔을 붙들었다.

집들은 모두 땅에 나무기둥을 박아 그 위에 집은 얹힌 형식이었다. 상인들이 지내는 곳이라 하지만 방 안에 전시해 놓은 물건도 많아 제2의 왜관이라 불릴 만했다.

밝은 곳에서 보니 백아는 키가 크고 얼굴이 단아하여 귀족집안의 자제 같았다. 역관의 관리가 백아를 다시 소개했다.

"이쪽은 가락국의 귀족 출신으로 백아라고 합니다. 백제나 왜와 교역에 능하여 왜관의 실세라 할 수 있지요. 하하!"

"과찬의 말씀입니다. 그저 백제를 오가는 상인일뿐입니다."

백아는 낮고도 굵직한 목소리로 인사를 하며 김무력과 남모, 그리고 유수에게 차례로 예를 갖추었다. 귀족다운 기품과 수려한 외모를 지닌데다 상술까지 좋은 모양이었다. 불탔던 왜관을 정비한 이야기를 하는데, 왜관에 애정이 남달라 보였다. 김무력은 고개를 저었다.

"예전에는 왜의 물건들도 왜관 입구에서 싸게 살 수 있었소. 가야의 철과 토기를 수출하는 것만 해도 그 물량이 많았고, 기술을 배우는 왜인들도 많았소. 지금은 왜의 공격을 받고 가야 소국들이 저리 비협조적이니 왜관이 제 역할을 못하지요."

그러자 백아가 고개를 숙이며 대답했다.

"각간 어른의 말씀이 옳으십니다. 옛 가락국 때에는 왜선과 다른 나라 배들의 출입이 자유로웠지만 지금은 모든 상황이 좋지 않습니다. 무역을 하는 상인들도 많이 떠나가 버렸습니다."

유수는 옆에 앉은 남모를 곁눈질로 보았다. 먼 길에 지친 탓인지 남모의 얼굴이 창백했다. 몸이 불편한지 속눈썹이 자주 떨렸다. 표정을 들키지 않으려 입술을 깨물더니 남모가 물었다.

"백아, 공께서는 백제에도 다녀오셨나요? 백제의 상황은 지금 어떠합니까?"

백아가 남모를 보았다가 눈을 곧 떨어뜨리고 대답했다.

"백제의 백성들은 십여 년의 노력 끝에 수도를 사비성으로 옮기고 희망에 부풀어 있습니다. 또한 주변 가야 소국들의 협력을 받기 위해 애쓰고 있다고 합니다."

백아는 가락국 사람이라 했지만 백제를 자랑스럽게 여기는 말투였다. 차와 떡이 담겨 나왔다. 백아는 백제의 찻잔이라고 하며 남모에게 먼저 차를 따랐다. 찻잔을 드는 남모의 손이 떨리고 있었다.

"내일 탁순국으로 가서 왕을 만나야 하오. 탁순국의 상황에 따라 우리 낭도들이 왜와 전투를 벌일지 백제와 전투를 할지 판단을 해야 합니다."

"꼭 전투를 하고자 하십니까? 제가 무지하여 잘은 모르나, 가야 소국들은 전쟁을 원하지 않는 걸로 알고 있습니다."

백아가 눈길을 꺾으며 물었다.

"우리 역시 전투를 하긴 싫소. 허나 적이 먼저 공격해 오면 막아야 하지 않겠소?"

김무력이 위엄 있게 말했다.

유수는 계속 남모가 걱정스러웠다. 방 앞에까지 따라온 유수를 보고 남모가 웃어보였다.

"괜찮으니 걱정하지 마세요."

남모의 숙소는 연못을 끼고 따로 마련된 집이었다. 남모가 방으로 들어간 후에도 유수는 연못가를 거닐었다. 월성을 떠나와 남모와 가까이 있게 된 꿈같은 시간이었다. 남모와 함께 연못가를 거닐고 싶었지만 남모는 피곤한지 힘들어하는 표정이었다. 남모의 방에 불이 꺼지지 않았다. 조용히 문을 두들겨볼까 하는 생각을 했다. 바람이 달빛을 끼고 유수의 가슴을 흔들었다. 남모의 호위무사를 하던 시절부터, 손닿는 곳에 남모가 있지만 한 번도 손을 내밀지 못한 그였다.

그때였다. 작은 소리가 가느다란 빛처럼 연못을 건너왔다. 바람에 흔들리며 그 소리는 점점 선명하고 부드러워졌다. 누군가가 피리를 불고 있었다. 물 위를 조심스럽게 거닐 듯 차분하던 음색이 점점 뜨거운 숨소리를 섞어 물 위에서 출렁거렸다. 누가 들어도 연정을 달래는 애틋한 이야기를 품은 소리였다.

피리 소리가 유수를 휘감았다. 유수의 가슴에 소용돌이가 치기 시작했다. 남모의 방 창문이 열리더니 하얀 남모의 얼굴이 창밖에 나와 잠시 주위를 살폈다. 남모도 저 소리에 끌려 창문을 열어본 것인지도 모른다. 유수는 그 창문 아래서 남모의 하얀 손을 잡고 싶었다.

피리 소리가 연못 아래로 스러지듯 끊겼다. 남모의 방에 불이 꺼졌다. 유수는 주위를 둘러본 후 남모의 방 쪽으로 걸음을 옮겼다. 방 앞에는 보초를 서는 군사들이 간혹 오가고 있었다. 뜨겁게 뛰는 심장이 이끄는 대로 그의 걸음이 바빠지고 있었다.

순간, 창문 앞에 검은 그림자가 나타났다. 유수는 허리에 찬 칼에 손을 가져갔다. 얼굴을 가린 의문의 그림자가 창문을 두들기는 듯했다. 그리고는 모퉁이를 돌아 방문 앞으로 다가갔다. 방문 앞에 보초가 보이지 않았다. 남모가 창밖으로 얼굴을 내밀었다. 남모는 주위를 둘러보고 팔을 내뻗어 창을 닫았다. 안으로 걸어 잠그는 소리가 들렸다. 유수는 칼을 빼들고 남모의 방 앞으로 다가섰다.

그때 방문이 소리 없이 열렸다. 검은 그림자가 방 안으로 들어가더니 방문이 닫혔다. 칼을 쥔 유수의 손이 떨렸다. 방문이 안에서 열렸으니 남모가 문을 열어준 것이다. 남모는 그 검은 그림자를 기다린 것일까.

아니다, 남모가 위험에 처한 것일지도 모른다.

유수는 고집스럽게 방문 앞에 섰다. 방 안의 동태를 살피며 소리에 귀를 기울였다. 목소리가 새어나왔다. 무슨 말을 하는지 알아들을 수 없지만 남모가 어떤 남자와 이야기를 주고받는 것 같았다.

“그 말을 믿으란 말인가요?”

남모의 목소리가 들렸다. 문을 열려던 유수의 손에 힘이 빠졌다. 그는 남모를 해하려 온 자가 아니라 남모를 은밀히 만나기 위해 방에 든 것인가.

몸을 움직일 수 없었다. 그는 누구일까. 방문을 사이에 두고 방 안에서 무엇을 하고 있을까 걱정이 되어 유수는 문을 당장 열고 싶었다. 다른 소리는 아무 것도 그의 귀에 들리지 않았다. 오직 방문으로 새어나올지도 모를 남모의 목소리만 고대했다. 뜨거웠던 심장이 새까맣게 타서 재가 되어 발 아래로 떨어지는 것 같았다. 그때 가느다란 울림이 새어나왔다.

"난 신라의 공주입니다."

슬픔과 분노를 억누르는 듯한 남모의 한 마디. 유수는 칼을 쥐었다. 한 마디만 더 들리면 문을 열고 뛰어들리라.

"얼마나 그리웠는지 모르오."

흐느끼는 남자의 목소리 끝에 무언가 부딪히는 소리. 격한 신음소리와 같은 숨소리. 달빛을 받은 그림자가 방문에 일렁이는가 싶은 순간, 방문에 무언가 와 부딪혔다. 유수는 숨을 멈추고 칼을 쥔 손에 힘을 주었다.

"잊으려 했지만, 잊을 수가 없었어요."

방문 앞에서 속삭이는 남모의 목소리. 유수는 온몸에 힘이 빠졌다. 남모가 방문 저쪽에 기대어 서 있었다.

"그대와 함께라면, 내 모든 걸 버리겠소."

남자의 커다란 그림자가 문 앞에 다가왔다. 유수는 숨을 쉬지도 뒤로 물러나지도 못한 채 방문 너머에서 들려오는 남녀의 뜨거운 숨소리를 고스란히 받아야 했다.

세상의 소리가 다 사라지고, 방문 저쪽만이 깨어 있는 세상이었다. 숨소리가 짙어지고 옷자락 스치는 소리가 들렸다. 무슨 일이 일어나고 있는 것일까. 숨소리가 엉키더니 둘의 그림자가 문 앞에서 멀어졌다. 침상에서 남녀가 꿈틀거리는 소리가 나는 듯하다가 이내 들리지 않기도 했다. 방 안에서는 오랫동안 회오리가 몰아쳤다. 유수는 그 회오리에 갇혀 꼼짝하지 못했다.

한참 후에야 유수는 방 앞에서 나와 나무 뒤에 몸을 숨긴 채 방문을 지켜보았다. 이윽고 검은 그림자가 방에서 나왔다. 유수는 발걸음 소리를 죽이고 그를 쫓았다. 남모의 처소 뒤쪽 숲으로 들어갔다. 그리곤 담을 훌쩍 뛰어넘는 그림자를 보았다.

다음 날 남모는 얼굴이 부어 있었다. 유수는 남모를 똑바로 볼 수 없었다.

"각간 어른, 큰일 났습니다."

금관군의 장수가 달려왔다.

"백제가 새벽에 안라국 주변의 걸탁성에까지 진군해 왔답니다. 탁순국을 치려는 의도가 분명합니다."

"군사가 얼마나 된다고 하는가?"

"잘은 모르나 백제의 성왕이 직접 군대를 끌고 왔다고 합니다. 걸탁성 주변엔 수천이고, 이천 정도의 군사가 탁순국 쪽으로 향했다고 합니다."

남모가 서둘렀다.

"속히 가서 탁순국 왕을 만나야 합니다. 우리 낭도들이 탁순국의 지원군이 되어야 해요."

유수는 눈썹을 세우며 걱정하는 남모의 손을 보았다. 늘 손에 차고 다니던 은팔찌가 없었다. 처소에 두고 온 것일까?

이사부에게 낭도들을 이끌고 탁순국 국경으로 바로 오라는 내용으로 전령을 보냈다. 김무력은 금관군 장수들을 호위군으로 정비하고 남모가 앞장서서 국경으로 향했다. 그때 멀리서 흰 말을 타고 달려오는 사람이 있었다. 백아였다.

"공주님, 만약 국경에서 들어가지 못하면, 이것을 내보이십시오."

남모가 말을 돌려 백아에게 다가갔다. 백아가 국경을 지나는 상인들의 징표를 주는 모양이었다. 남모가 백아와 몇 마디 나눈 뒤 돌아서 왔다.

남모 옆으로 말을 달리며 유수는 보았다. 남모의 팔에 은팔찌가 반짝이고 있었다. 유수는 저도 모르게 멈추어 섰다. 천천히 뒤를 돌아보았다. 백아가 탄 말은 흔적을 감추고 사라져갔다. 분명히 은팔찌가 없었는데. 백아가 주고 간 것인가. 은팔찌의 주인이 백아였던가.

유수는 앞서 가는 남모의 등을 바라보다 말고삐를 잡아당겼다. 남모를 향해 혼자 앓아온 수많은 날들이 세찬 말발굽 아래서 무참히 쓰러져갔다.

실전

낭도들은 황산강을 건너서야 전투가 임박해 오고 있음을 알았다. 처음에는 불안한 기색을 보였던 낭도들은 곧 평정심을 찾고 첫 출전에 대한 각오를 다졌다. 낭도들의 함성이 금관군의 들판에 울려 퍼졌다.

낭도들이 탁순국과의 국경에 닿았을 때는 이미 밤이 깊었다. 김무력과 유수 일행이 국경에서 그들을 맞았다.

"아니, 어찌된 일입니까? 탁순국의 왕을 만나고 계셔야지요."

준정이 놀라 물으며, 남모만 없다는 것을 알았다. 김무력이 분한 듯 말했다.

"탁순국 왕이, 폐하의 칙서를 가진 남모 공주님만 궁으로 데려오라 하였다오. 사신도 통과시킬 수가 없다 하였소."

유수가 자책하며 고개를 들지 못했다.

"남모 공주님을 혼자 위험한 곳에 보냈으니 모든 것이 제 잘못입니다."

"그것이 어찌 유수 랑의 잘못이겠소. 저들이 감히 폐하의 칙서를 가진 공주님을 함부로 하지는 못할 것이오."

이사부가 국경을 지키고 선 탁순국 장수들에게 호령했다.

"나는 신라의 대장군 이사부이다. 탁순국을 위협하는 백제군을 치러 왔으니 길을 비켜라."

탁순국의 장수들은 야심한 시간에 횃불을 밝히며 들이닥친 신라군에 당황해했다.

"신라에 원군을 요청했다는 말을 들은 적이 없소이다."

"지금 백제가 탁순국으로 쳐들어오고 있거늘, 지체하다가는 화를 면하기 어려울 것이오!"

국경의 장수와 군사들을 밀어붙이고 탁순국의 궁으로 진격할 수도 있었다. 그러나 자칫하다가는 남모 공주가 위험해지거나, 신라군이 먼저 전쟁을 일으켰다는 반감을 불러올 수도 있었다.

준정이 다가갔다. 말에서 내려 다가오는 준정을 보고 탁순국의 장수도 고개를 숙이며 예를 차렸다.

"나는 낭도들의 우두머리인 원화 준정이라고 하오. 신라의 남모 공주가 탁순국의 왕을 알현하고 신라 폐하의 뜻을 전했을 것이오. 전령을 시켜 탁순국의 왕께 신라의 원군이 왔음을 알려 드리고, 백제군이 진을 치고 있는 곳으로 우리를 인도해주시오. 한시가 급하오."

장수들이 긴장하여 급히 의논을 하더니 길을 열어주었다. 백제군의 진영을 향해 가고 있을 때 맞은편에서 탁순군의 전령이 달려왔다.

"백제군이 궁을 향해 오고 있습니다! 이미 서문 앞에 진을 치고 있다고 합니다."

"신라의 원군이 왔다. 너는 이 길로 궁으로 가서 폐하께 이 사실을 전하라!"

탁순국의 전령이 급히 말을 몰았다.

"서문에서 궁궐이 가깝습니다. 신라군이 서문 앞에서 백제군을 막아야 승산이 있습니다."

탁순국의 장수가 이사부에게 간절하게 말했다.

이사부는 탁순국의 장수들과 의논하여 지형을 이용해 백제군을 치기로 했다. 낭도들은 횃불을 모두 끄고 조용히 산을 넘어 서문 앞으로 갔다.

불을 밝힌 백제의 진영이 눈앞에 드러났다.

"걸탁성의 전투가 끝나면 더 많은 백제군이 몰려올지 모르오. 그 전에 저들과 결판을 내야 하오."

이사부의 말에 준정이 고개를 끄덕였다.

"남모 공주님께 우리가 서문에 왔다는 것을 전하고 속히 탁순국 왕의 마음을 움직여야 합니다. 싸우지 않고 이기는 방법이 최선입니다."

유수와 미진부가 탁순국 장수를 따라 궁 안으로 가 남모를 만나기로 했다.

낭도들은 돌 벽으로 둘러싸인 곳에 진을 쳤다. 돌 벽을 방패 삼아 몸을 숨기고 대열을 정비해 싸울 준비를 했다. 어둠 속에서 적을 내려다보며 주먹밥을 먹는 낭도들은 긴장을 감추기 위해 서로를 격려했다. 인가가 드문 국경지역이라 어둠이 깊게 내렸다. 불안한 낭도들의 머리 위로 별들은 더욱 빛을 발했다.

새벽이 밝아올 무렵이었다. 백제군의 진영이 눈에 보이기 시작했다. 횃불이 일렁이며 공격할 채비를 차리고 있었다. 저들이 성을 공격하기 전에 선제공격으로 기선제압을 해야 했다. 돌 벽 뒤에서 원화의 낭도들이 활을 쏠 준비를 했다. 원화는 적진의 막사를 향해 불화살을 당겼다.

정확하게 적의 본진 사이에 불화살이 떨어졌다. 그것을 신호로 낭도들이 불화살을 쏘기 시작했다. 예기치 않은 공격을 받은 백제군들은 불을 끄려 허우적거리며 방어벽을 치고 맞받아 활을 쏘기 시작했다.

"모두 돌 벽 뒤에 몸을 붙여라."

준정이 소리쳤다. 백제군에서 날아온 화살이 돌에 부딪히는 소리가 요란했다. 다시 낭도들이 일제히 불화살을 쏘았다. 낭도들이 순서를 바꾸어 적진을 향해 정확하게 활을 쏘았다. 화살이 뜸해진 틈을 타 이사부가 돌 벽 아래로 내려가 진격할 준비를 했다.

"방패를 든 낭도들이 앞줄에 대열을 맞추어라. 그 뒤론 창을 들고 돌진하되 명령이 있을 때까지 방패 앞으로 나서선 안 된다.”

랑과 낭두들이 방패를 든 채 말을 달리고 낭도들이 창을 들고 빠르게 전진했다. 돌 벽 뒤의 낭도들은 모두 활을 겨냥했다. 백제군에서 움직임이 있으면 활을 쏘아 신라군의 전진을 도와야 했다.

언덕 아래에서 백제군이 전열을 갖추고 올라왔다. 이사부와 김무력의 낭도들이 백제군을 향해 화살을 쏘고 전진하던 낭도들이 방패 뒤에 숨었다. 백제군에서 말을 탄 장수들이 앞으로 나왔다.

이사부가 칼을 빼 들고 적진을 향해 말을 달리자 백제 진영에서 장수 한 명이 달려 나왔다. 이사부와 몇 번 칼을 부딪치다가 백제의 장수는 말을 돌려 도망갔다. 이사부가 나서서 호령했다.

“우리는 신라의 원군이다. 금관군과 신라의 대군이 궁궐을 에워쌌으니, 백제군은 공격을 멈추고 돌아가길 바라노라!”

말을 탄 백제의 장수 몇 명이 앞에 나섰다.

“우리는 전쟁을 하러 온 것이 아니라 탁순국과 화친을 하러 왔다. 신라군은 쓸데없이 우리 앞을 막지 말고 그만 돌아가라!”

그러자 김무력이 앞으로 나섰다.

“나는 가야 왕족 김무력이다. 탁순국은 예부터 가야국과 형제국이었다. 이제 와서 백제와 화친할 일이 없으니 물러가라!”

그러자 백제의 장수 한 명이 앞으로 나오며 외쳤다.

"네가 바로 가락국을 신라에 바친 놈이구나! 그 비겁한 목숨을 오늘 내가 거두어 가겠다."

그는 칼을 뽑아 들고 달려왔다. 김무력의 얼굴이 바르르 떨리더니 칼을 높이 들었다.

"각간! 참으십시오."

준정이 칼을 뽑아 백제의 장수 앞으로 말을 달렸다. 양 진영의 군사들은 겨누었던 활을 내렸다. 백제의 장수는 준정이 여자임을 알아보고 놀라는 눈치였다. 준정 역시 그의 얼굴을 보고 속으로 짐짓 놀랐다. 날카롭고도 근엄해 보이는 눈매가 전장에서 잔뼈가 굵은 무장의 얼굴이 아니었다. 칼을 쓰는 사람이라 보기에는 갑옷을 입은 모습이 차분하고 여유로웠다. 준정은 칼을 내리고 고개를 숙임으로써 적군의 장수에게 예를 차렸다.

"나는 신라 낭도의 우두머리인 원화 준정이라 합니다."

백제의 장수도 칼을 내리고 낮은 목소리로 진중하게 말했다.

"나는 백제의 장군, 명농이라 하오. 저 부끄러운 가락국의 왕족 김무력과 담판을 짓고 싶으니 비키시오!"

"군사들의 목숨을 함부로 해하지 않는 것이 장수의 도리입니다. 지금 성 안에는 우리 신라군이 들어가 있습니다. 앞에는 탁순국, 뒤로는 신라군에 막혔으니 백제군은 이 싸움의 승산이 없습니다!"

준정은 기가 꺾이지 않는 목소리로 카랑카랑하게 말했다.

그때, 궁 안에서는 남모가 탁순국의 왕을 설득하고 있었다.

"왕께서 나가셔서 백제군은 물러가라고 호통을 치십시오. 저들은 감히 왕의 말씀을 무시하지 못합니다."

그러나 탁순국의 왕은 겁에 질린 표정으로 고개를 저었다.

"탁순국의 뜻과는 상관없이, 신라는 우리 탁순국을 병합하고자 군대를 이끌고 오고, 백제군이 지금 밖에서 북을 울리며 협박하고 있소이다. 침입자인 것은 백제나 신라나 마찬가지 아니오? 또한 신하들은 금관가야를 합병한 신라에 대한 반감이 크오."

왕은 탁순국이 이토록 황망한 처지를 겪고 있는 것에 비참해하고 있었다. 남모는 더욱 공손하게 고개를 숙였다.

"저희가 마음이 급하여 미처 예를 다하지 못했습니다. 저는 다만 신라 폐하의 마음을 전하고 이 전투를 막고자 하였고, 백제 앞에 위태로운 탁순국을 돕기 위해 낭도들이 왔을 뿐입니다."

남모를 보는 왕의 얼굴이 혼란스러워 보였다.

"신라군은 성 밖에서 백제군을 칠 계획을 이미 세워놓았습니다. 다만, 가능하면 전투를 피하고자 먼저 공격하지 않고 대기 중에 있습니다. 왕께서 저들 앞에 나서시어 신라군이 궁을 지키고 있으니 물러가라 하신다면, 저들이 함부로 공격하지 못할 것입니다."

"음, 나도 전쟁이 일어나는 것은 막고 싶소."

남모는 왕이 자신을 믿기 시작한 것을 느꼈다. 군사들의 외침소리가 높아지고 백제군의 북소리가 울려 퍼졌다. 탁순국의 장군이 급히 뛰어들어 왔다.

"신라의 장수들이 궐내로 들어왔습니다."

보고를 마치기도 전에 미진부가 유수와 함께 들어섰다. 탁순국의 왕이 당황하여 남모와 그들을 번갈아 보았다. 남모가 얼른 손을 들어 미진부를 저지했다.

"놀라지 마십시오. 저를 호위하러 온 장수들입니다. 궐내에서 아무런 기별이 없자 걱정이 되어 온 모양입니다."

그 말에 유수가 예를 갖추며 말했다.

"감히 왕께 결례를 용서하십시오. 신은 남모 공주님의 호위무사 유수 랑이라 합니다. 궐 밖에는 우리 신라의 대군이 백제군을 에워쌌으니 염려치 마시옵소서."

그 말에 왕이 다소 안심하는 눈치였다.

"허나, 탁순국의 왕이 백제군 앞에 나서서 신라군의 편을 들 수는 없는 일이오."

남모는 고개를 숙였다. 신라의 군대가 왔으니 굳이 탁순국의 왕이 나설 필요는 없었다.

"그럼 제가 탁순국의 장수들과 함께 성 위에 올라가, 백제군에게 물러가라고 호령하겠습니다. 허락해주시겠습니까?"

"그렇게 하시오."

남모와 미진부, 유수는 군사들을 이끌고 성 위로 올라갔다.

성 밖에서는 준정과 백제의 장수가 마주 서 있었다.

"성 위를 보십시오. 우리 신라군이 탁순국의 장수들과 함께 성을 지키고 있지 않습니까?"

준정의 말에 백제의 장수가 놀라 뒤를 돌아보았다. 그때 성 위에 신라와 금관군의 깃발이 올랐다. 남모와 미진부, 그리고 유수가 성 위에 서 있었다. 탁순국의 장수들도 깃발을 들고 서 있었다.

"탁순국의 왕께서 우리에게 군권을 위임했으니 백제군은 돌아가라!"

남모가 크게 외치자 성 위에서 군사들이 일제히 함성을 질렀다. 백제의 장수가 분위기를 눈치 채고 멈칫거렸다.

"정녕 신라의 군사력이 우리보다 우위라면 공격하면 된 터인데, 굳이 공격하지 않는 이유가 무엇이오?"

"불필요한 전쟁을 피하고자 함입니다."

장수가 준정을 뚫어지게 보았다. 한 순간이었으나 그 눈빛이 준정의 마음을 서늘하게 훑고 지나갔다.

"장수 대 장수로서 맞붙어 봐야겠소. 김무력에게 내가 진다면 깨끗하게 돌아서겠소."

그리고는 신라군 쪽을 향해 큰소리로 외쳤다.

"김무력은 나와라. 나와 담판을 짓자!"

준정이 말릴 틈도 없이 그는 말을 달렸다. 신라군에서도 김무력이 칼을 들고 달려 나왔다.

양쪽 장수가 무서운 기세로 달려 나왔다. 한 손은 고삐를 쥐고 오른손에 칼을 움켜쥔 채 상대방을 단숨에 내리치려 했다. 두 말이 마주치는 순간 칼날이 매섭게 부딪혔다. 두 장수 모두 몸을 휘청했으나 곧 말을 돌리며 상대를 바라보았다.

두 장수는 이번에는 끝장을 보고야 말겠다는 듯이 다시 말을 달렸다. 서로 검을 드는 순간, 두 장수 모두 말고삐를 놓고 두 손으로 검을 잡았다. 상대방을 정확하게 찌르려는 몸놀림이 위험해 보였다.

"챙!"

서로의 심장을 노린 검이 다시 맞부딪히고 장수들은 말에서 굴러떨어졌다. 다행히 말에서 떨어진 두 장수 모두 검을 쥐고 일어섰다.

"승부를 가리지 못했으니 백제군은 그만 물러나시오!"

준정이 큰 소리로 외쳤다. 백제의 장군은 분한 듯이 소리쳤다.

"군사를 돌리겠소. 허나 김무력은 잘 들어라! 백제에 등을 돌리고 가야연맹을 배신한 네놈의 목을 반드시 다시 가지러 오겠다!"

장군은 돌아서서 군사를 돌리라 명하였다. 김무력이 검을 쥐고 달려 나올 태세를 취했지만 준정이 만류했다.

낭도들이 탁순국 국경을 넘어 금관군에 들어서자 백성들이 나와 환호성으로 낭도들을 맞았다. 가벼운 상처를 입은 낭도들은 있었으나 다행히 중상을 입은 낭도는 없었다. 첫 출전의 두려움을 극복하고 승리한 낭도들의 얼굴에는 자신감이 넘쳤다.

그날 밤이었다.

낭도들은 금관군의 왜관에서 마련한 처소에서 하룻밤을 묵었다. 랑들이 늦게까지 회의를 하고 막 잠자리에 들었을 때였다.

"밖으로 나와보십시오!"

다급한 외침이 들렸다.

검은 바다에 배들이 떠 있었다. 일렁이는 횃불이 뱃머리에 높이 매달린 깃발들을 비추었다. 그 모습이 물에 비쳐 물 위에 떠 있는 배의 모습이 괴기스러워졌다. 배는 점점 다가오며 그 모습을 드러냈다.

"왜선이다."

이사부가 낮게 부르짖었다.

"낭도들을 모으고 전투 준비를 하라. 금관군주에게 가서 수군을 출동시키라 전해라."

보초를 서고 있던 왕실 호위군사와 준정의 낭도들이 먼저 종장판 갑옷을 입고 투구를 쓰고 대열을 갖추었다. 이사부가 여름 동안 수련시킨 낭두들이 그 앞에 나섰다.

왜선 세 척이 점점 다가왔다. 해안에는 금관군의 목선 두 개가 정박해 있었다.

다가오는 배에서 화살이 날아왔다. 준비 없이 갑자기 당한 일이라 군사들이 그대로 쓰러졌다.

"모두 뒤로 피하라!"

왜선은 물이 얕아 더 이상 들어올 수 없는 곳에 서서 끝없이 화살을 쏘았다. 앞쪽에 있던 왕실 호위 군사들이 화살을 맞고 쓰러졌다. 군사들은 비명을 지르고 피를 쏟으며 죽어갔다. 준정은 순식간에 스러지는 목숨들을 보며 애가 끓고 피가 역류하는 듯했다. 낭도들이 바다를 향해 활을 마주 쏘았으나 숨어서 표적을 잃고 쏘는 화살은 멀리 가지 못했다.

이사부는 미진부와 유수에게, 신호를 보내면 적선을 공격하고 수군을 보내라는 작전을 지시했다. 그리고 이사부는 갑옷을 벗고 낭도들을 데리고 물로 들어갔다. 여름 동안 수련을 한 천관 등의 낭두들이 앞장섰다. 가까이 있는 왜선에 수중으로 침투할 작전이었다. 적에게 발각되면 왜선에 오르기 전에 죽은 목숨이었다.

금관군의 수군이 도착했다. 화살이 잠시 뜸한 틈을 타서 수군들이 배에 탔다. 이사부가 왜선에 도착한 후 신호를 보내면 일제히 공격하라고 했다. 준정과 남모도 배에 올랐다.

그때, 맨 앞에 있는 왜선에서 불길이 치솟았다. 적선에서 날아오던 화살이 끊어졌다. 미진부가 외쳤다.

"불이 붙은 왜선에 활을 쏘라!"

숨어 있던 낭도들이 일제히 나와 활을 쏘았다. 다른 배들이 뒤로 물러났다. 불이 붙은 왜선에서는 더 이상 공격을 하지 못했다. 그리고 얼마 후 그 배에서 북이 울렸다.

"활을 멈추라!"

미진부가 준정과 남모에게 급히 말했다.

"우리 낭도들이 왜선에 올라 북을 울리고 있습니다. 북이 울리면 배를 출발시키라 하셨습니다. 저는 뒷배에 타겠으니 조심하십시오."

불이 붙은 왜선에서는 왜군과 낭도들이 싸우고 있었다. 준정이 탄 배가 왜선에 닿았다. 준정은 낭도들과 함께 배에 올라 칼을 휘두르며 결사적으로 싸웠다. 검으로 사람을 직접 베게 될 줄 몰랐다. 하지만 낭도들을 살리기 위해 적을 벨 수밖에 없었다. 가슴속에서 알 수 없는 피의 회오리가 울분이 되어 솟구쳐 올랐다.

남모의 칼끝도 예리하고 차가웠다. 눈앞에서 죽어간 신라군의 얼굴을 뜨겁게 삼키고 한 치의 오차도 없이 칼을 휘둘렀다. 배를 빼앗겨 전의를 상실한 왜의 병사들은 물로 뛰어들거나 칼 앞에 힘없이 스러졌다.

배에 불은 끄고, 살아남은 사람들은 갑판에 모였다. 옷에는 피가 튀고 눈에는 살기가 돌았다.

"배 위의 낭도들은 모두 무사합니다. 부상을 입은 낭도들이 있으나 위급한 상항은 아닙니다."

천관이 두려움에 굳은 목소리로 이사부에게 보고했다. 이사부는 고개를 끄덕이며 피 묻은 천관의 어깨를 두들겨주었다.

살아남은 왜의 장수들을 포박하여 꿇어앉혔다. 우두머리로 보이는 자에게 이사부가 칼을 겨누었다.

다른 왜인들은 머리를 밀었으나 그는 긴 머리를 뒤로 묶고 있었다. 이사부가 칼등으로 그의 턱을 높이 들었다. 고개를 든 그의 얼굴 한쪽에 횃불이 일렁이자 긴 칼자국이 보였다.

"료헤이!"

김무력이 놀라 부르짖었다. 료헤이가 날카롭게 김무력을 쳐다보았다. 그리고는 남모를 보고는 한쪽 입술을 올리며 비웃는 웃음을 지었다. 이사부가 물었다.

"아는 자입니까?"

남모의 눈빛이 절망에 빠진 것을 준정은 보았다. 김무력이 료헤이의 멱살을 잡았다.

"가락국의 왜관에 있던 자요! 네가 왜관에 있을 때부터 첩자 노릇을 했구나!"

그러자 료헤이는 김무력을 비웃었다.

"첩자라니. 가락국의 왜관은 왜인과 백제인이 자유롭게 다니며 교역하던 곳인데, 너희가 신라에 팔아먹었지 않느냐!"

김무력의 눈에 핏발이 굵어졌다. 가락국 이야기를 함부로 하는 소리를 들을 때마다 그는 회한과 분노를 드러냈다.

"가야의 모든 나라를 하나씩 집어삼키려는 신라를 어찌 믿는단 말이냐."

료헤이의 목소리는 원망과 분노로 가득 차 있었다.

그때 왜관 쪽에서 불길이 치솟았다. 비명인지 함성인지 모를 소리가 높아졌다.

"아니, 저긴 우리 신라군밖에 없지 않소?"

이사부의 말에 료헤이가 서늘하게 웃으며 말했다.

"흐흐흐, 왜관 마을에 사는 이들 절반은 왜인이다! 신라군이 왜의 병사들을 죽이니 왜인들이 분노해서 왜관에 불을 지른 것이다."

왜관의 상황을 보느라 잠시 틈을 준 때였다. 뒤에서 날카로운 음성이 들려왔다.

"칼을 버리시오!"

복면을 한 자 둘이서 준정의 목에 칼을 겨누고 있었다. 키가 큰 자가 준정의 손에서 칼을 빼앗았다. 다른 자가 얼른 묶여 있는 왜장들을 풀어주었다.

"감히 네놈들이 원화를 겁박하다니!"

미진부가 칼을 빼 들고 다가갔다. 왜장들이 검을 들고 복면을 한 자들을 보호했다. 랑들이 왜장들과 검을 마주하고 대치했다. 남모만이 뒤에서 칼을 쥔 손을 떨고 있었다. 큰 키에 검은 옷을 입은 사내, 그 모습이 유수는 왠지 눈에 익었다.

"내 칼이 원화의 목을 베는 게 더 빠를 테니 조심하시오!"

키가 큰 자가 한 팔로 준정의 어깨를 끌어안고 다른 팔로 칼끝을 준정의 목에 대었다. 억양이 독특한 그 목소리도 유수는 귀에 익은 듯했다.

서서히 새벽이 다가오고 있었다. 해가 뜨려면 아직 멀었으나 어둠에 익숙한 사람들은 어둠 속에서 또렷이 사물을 분간할 수 있었다.

왜관에 난 불은 곧 꺼졌다. 낭도들이 대열을 정비하고, 옛 가락국의 옷을 입은 사람들이 꿇어앉아 있었다.

"불을 지른 왜인들이 모두 잡혔군. 너희 몇 명이 우리를 상대할 수는 없다. 칼을 내려라."

유수의 분노한 칼끝이 준정을 겨눈 남자의 얼굴로 다가갔다. 칼을 쥔 손을 떨고 있던 남모가 찌를 듯이 남자의 얼굴을 겨냥했다.

"넌 누구냐!"

유수가 복면을 벗길 듯이 손을 내밀자 남모가 칼끝을 남자의 얼굴에 대었다. 유수는 복면을 벗길 수 없었다. 남모의 눈빛은 불안과 분노로 타오르고 있었다. 유수는 그 남자가 누군지 알아챘다.

"너는 백아가 아니냐!"

유수의 말에 준정이 자신에게 칼을 겨눈 자를 돌아보려고 했다. 복면의 사내가 준정의 목에 칼을 더 바짝 갖다 댔다.

"대장군! 저길 보십시오. 배입니다."

서쪽에서 새로운 배가 나타났다. 왜선은 아니고 금관군의 배도 아니었다.

"백제군의 배입니다."

백제의 깃발이 뚜렷하게 보였다.

이사부는 전투태세를 갖추도록 했다. 밤새 지친 낭도들의 얼굴에 두려움이 깊어졌다.

“대장군! 싸워서는 안 됩니다. 차라리 물러나더라도 낭도들의 생명을 지켜야 합니다.”

준정이 진중하게 말했다. 백제의 배는 뱃머리에 선 장수들의 얼굴이 보일 만큼 가까이 왔다.

“탁순국의 궁 앞에서 보았던 신라의 여장부들 아니오?”

백제의 장수 얼굴을 준정은 알아보았다. 탁순국의 궁궐 앞에서 대치했던 백제군이었다. 이사부가 소리쳤다.

“왜와의 싸움에 백제가 끼어들지 않기 바라오.”

“우리도 피를 보는 것은 싫소! 그 배에 있는 백제인과 살아남은 왜장들을 돌려보내시오. 그러면 왜선들도 돌아간다고 했소.”

복면을 한 자들은 백제인이었다. 작은 배를 내릴 테니 백제인과 왜장들을 보내라고 했다. 더 이상 피를 흘리지 않기 위해서는 그들을 보내주는 방법밖에 없었다.

왜장들이 먼저 소선으로 옮겨 탔다. 복면을 한 남자가 배에서 내리기 위해 료헤이를 부축했다.

“나는 신라에 남겠소. 신라에서 할 일이 있소.”

“무슨 소리냐! 함께 가야 한다.”

그러자 미진부가 복면 사내를 저지했다.

"이놈은 남겠다고 하니 두고 가라!"

료헤이는 미진부를 올려다보며 얼굴을 상처를 실룩이며 웃었다.

"나를 신라로 데리고 가서 잘 대우해주시오. 그럼 저 복면 사내에 대해 말을 해주지."

유수가 칼등으로 료헤이의 어깨를 내리쳤다.

"그 입을 한 번만 더 놀리면 가차 없이 목을 치겠다."

복면의 남자가 배에서 내리며 료헤이에게 왜의 언어로 말을 건넸다. 료헤이도 왜의 말로 대답했다. 준정을 위협했던 복면의 남자는 똑바로 서서 남모를 쳐다보았다. 남모는 그 눈길을 외면한 채 입술을 깨물었다.

료헤이가 멀어져가는 배를 보며 혼잣말처럼 중얼거렸다.

"당신은 나의 우상이었어. 그런데 여자한테 마음을 뺏겨 이번 거사를 망치고 말았어. 왜관에서 먼저 일을 벌이면 왜선이 왔을 때 전멸시킬 수 있었는데. 여자 때문에!"

료헤이는 벌떡 일어나 백제의 배를 향해 큰소리로 외쳤다.

"잘 가시오. 나는 당신이 못한 일을 대신 하겠소."

그러고는 남모를 쳐다보며 비굴하게 웃었다.

"이번 싸움에서 이기려면 공주를 이용했어야 했어! 앞으로도 공주가 걸림돌이야. 내가 대신 처리해주지."

료헤이는 숨기고 있던 단도를 꺼내 순식간에 남모에게 달려들었다. 료헤이가 남모를 붙잡는 순간, 유수의 칼이 료헤이를 베었다. 료헤이는 피를 뿌리며 옆으로 푹 쓰러져 일어나지 못했다.

왜선들이 사라진 쪽에서 붉은 해가 떠오르고 있었다. 남모의 눈에서 붉은 바다가 어지럽게 일렁거렸다. 김무력이 말했다.

"그 백제군 장수가 나와 옛 가락국을 능멸하였소. 내가 꼭 복수하겠소."

준정은 가까이서 보았던 그의 얼굴과 이름이 또렷하게 떠올랐다.

"명농이라는 장수입니다."

그러자 김무력이 깜짝 놀랐다. 이사부도 그 이름을 되물었다.

"진정 명농이라 하였소?"

김무력은 사라져가는 백제의 배를 향해 주먹을 불끈 쥐었다.

"명농은 백제 성왕의 이름이오. 그는 백제의 왕이었소."

모두들 떠오른 태양을 바라보며 불안과 분노의 마음을 천천히 내려놓았다. 남모는 해를 차마 보지 못하고 두 눈을 감았다. 유수만이 해를 등지고 섰다. 그의 얼굴에 일렁이던 분노는 슬픔이 되어 무겁게 가라앉고 있었다.

천관의 난

"작은 나라들을 왜 가만히 내버려두지 않는지 모르겠구나. 평화롭게 사는 소국들을 큰 나라가 침범하는 전쟁은 부처님의 도리에 반하지 않느냐?"

요가 수련을 마친 후 준정에게 말했다. 요는 이번에 낭두들의 출전을 못마땅해했다. 부처님의 뜻에 어긋나는 일이라며 고개를 저었다.

준정 역시 살생을 거스를 수 없었던 자신의 업을 생각하며 가혹한 수련을 하고 있었다. 또한 왜와의 전투에서 죽어간 낭도들을 위해 기도를 쉬지 않았다. 남모 또한 낭도들의 수련에 나오지 않고 혹독한 자기 수련만 하고 있었다. 준정은 남모에게 뭔가 사연이 있을 거라 짐작할 뿐이었다.

"원화! 원화! 뵙기를 청합니다."

낭두 이랑이 자추사에 들어 준정을 다급히 불렀다. 이랑은 몸이 흠뻑 젖은 채였다.

"동도들이 수련을 하다 물에 빠져서, 우선 가까운 신당으로 옮겼습니다."

이랑의 설명을 들으며 준정은 신당으로 향했다. 오도 부인이 물에 젖은 동도들의 옷을 갈아입히고 몸을 덥히고 있었다. 대여섯 명의 동도들이 오들오들 떨면서 기침을 해댔다.

"어찌된 일이냐? 동도에 들어온 지 불과 며칠이 되지 않은 어린 낭도들이거늘!"

"죄송하옵니다. 실력이 미비한 낭도들에게 벌을 준다 하여 천관이 동도들을 물에 넣는 바람에……"

천관은 왜와의 전투에서 공을 세워 정식 낭두가 되었다. 당장 천관을 불러오라고 했다. 그때 미진부가 업고 온 한 낭도를 보고는 오도 부인이 기겁을 했다.

"아니, 왕자님! 누가 우리 왕자님을!"

비대공은 물에 젖은 채 온몸에서 열이 났다. 오도 부인은 옥진의 어미니, 비대공에겐 외할머니가 되었다. 왕자의 모습에 오도 부인은 당황하고 분노한 기색이 뚜렷했다.

"안 되겠어요. 제가 업고 옥진 궁주께 가야겠습니다."

"수련을 하다 보면 간혹 있는 일이니 너무 상심 마십시오."

비대공은 동도들 중에서 가장 어렸다. 너무 이르다고 준정이 말렸지만, 비대공이 간절히 원하여 동도에 들어 수련을 시작한 지 얼마 되지 않았다. 내의가 드는 것을 보고 준정은 자추사로 왔다.

"원화, 제가 잘못했습니다……."

천관이 무릎을 꿇고 고개를 떨어뜨렸다.

"벌에도 정도가 있는 법! 어린 낭도들에게 이 무슨 처사인가!"

"늘 하던 대로 하고, 실력이 모자란 낭도들을 뽑아 보충훈련을 시켰을 뿐입니다."

천관의 목소리가 작았지만 주눅 들지는 않았다.

"신당에서 떨고 있는 동도들이 모두 진골 귀족 출신들이더군."

천관이 뭐라고 대답을 하려다고 고개를 떨어뜨렸다.

"나는 자네를 다른 낭도들과 똑같이 생각했네. 낭도들은 귀족과 서민의 차별 없이 평등하게 대우받아야 하네. 그런데 자네는 귀족 자제에 대한 열등감을 지우지 못하고 있어."

"평등하게 대우받다니요. 낭두들 사이에서도 저는 언제나 평민 출신이라고 괄시받고 지냈습니다."

"그래서 어린 귀족 자제들을 벌줌으로써 복수를 하려 했는가?"

"차별은 아니었습니다. 엄격하게 실력대로 한 것인데……"

"실력을 따질 자리도 아닌데 실력을 핑계 삼는 일은 차별보다 더한 짓이네. 자넨 낭두로서의 자격을 팽개쳤어!"

천관이 억울한 듯 몇 마디 웅얼거렸으나 원화가 날카롭게 말했다.

"한 번 더 이런 일이 있을 경우, 내가 용서하지 않겠네. 그만 나가보게."

천관은 무예 실력으로 본다면 랑의 자질이 있었다. 준정은 평민 중에서도 랑이 될 수 있다는 모범을 그가 보여주기를 바랐다. 그런데 천관은 아직 자신이 차별받는다는 억울함을 지우지 못했다.

그날 오후, 동도 중 한 명이 심하게 앓아 사가에서도 깨어나지 못해 위험하다는 연락이 왔다. 진골 왕족의 자제인데, 심한 열병이 와서 낭도수련을 할 수 없을 정도였다. 결국 천관은 그 책임을 물어 옥에 가두어졌다.

준정이 옥에 갇힌 천관을 보러 갔으나, 지소와 옥진의 지엄한 명으로 원화라 할지라도 천관을 볼 수 없다고 했다. 이사부가 동해 순시를 갈 때, 천관을 데려간다고 했다. 랑이 되고 싶어 하는 천관에게는 가혹한 결정이었다. 준정은 천관의 잘못도 있으나, 왕족에게 밉보여 천관이 부당한 대우를 받는가 싶어 잠을 이루지 못했다.

다음 날, 이른 아침이었다. 멀리서 함성이 들려오는 듯했다. 이제 막 성문이 열릴 시간, 낭도들이 모이기에는 이른 시간이었다. 준정은 불안한 예감에 휩싸여 뛰어나갔다.

낭도 수련장에 천관이 서 있었다. 그 뒤에 낭도들이 서서 무어라고 함성을 지르고 있었다. 준정에게는 천관만 보였다. 그의 몸이 분노의 덩어리가 되어 큰소리로 외치고 있었다.

"우리는 신라의 자랑스러운 낭도요! 귀족 자제들에게 벌을 줬단 이유로 낭도에서 몰아내고 변방의 군사로 보낸단 말이오? 평민도 랑이 될 수 있다고 해놓고 이것이 차별이 아니고 무엇입니까? 폐하께 가서 고변을 하고 싶습니다. 폐하를 알현하게 해주십시오!"

천관의 외침에 낭도들이 함께 외치기 시작했다. 준정이 뛰어가 천관의 앞을 막았다.

"이 무슨 짓이냐! 너를 따르는 모든 낭도들까지 폭도로 만들 셈이냐!"

준정은 뒤에 선 낭도들에게 외쳤다.

"너희들이 신라의 낭도라면 원화의 말을 들어라! 억울함을 이렇게 고변하는 것은 낭도의 지위를 잃는 것이다. 당장 멈추어라!"

원화의 등장에 낭도들은 멈추어 섰다. 천관과 달리 그들의 표정에는 두려움과 망설임이 섞여 있었다.

"천관! 네 억울함을 살펴주지 못한 점 미안하구나. 이번 일을 명확하게 조사하도록 내가 폐하께 고하겠다. 그러니 더 이상의 행동은 삼가라!"

준정의 말에 천관의 표정에 변화가 일어났다. 분노가 멈칫거리고 원망이 흔들렸다.

"원화! 평민 출신들은 다른 낭도들보다 더 열심히 수련을 해왔습니다. 제가 낭두가 되기 위해 험한 일을 마다하지 않았다는 거, 원화도 아실 겁니다. 그런데 제 불찰을 빌미로 아예 내치려 하다니, 이것은 애초의 약속과 다릅니다."

천관의 말이 분노에서 하소연으로 바뀌어 있었다. 준정은 이들의 울분을 다독여야 한다고 생각했다.

"내가 직접 나서서 여러 낭도들의 입장을 항변하겠다. 그러니 나를 믿고 낭도들은 평심으로 돌아가라."

그때 말발굽 소리가 들려왔다. 고개를 돌린 천관이 다시 이를 악무는 것을 보고 준정은 일이 커졌음을 알았다. 남모와 미진부가 달려오고 그 뒤로 무장을 한 군사들이 따르고 있었다.

"천관! 네 잘못을 모르고 순진한 낭도들을 선동하여 역적질을 하느냐!"

남모가 호통을 쳤다. 낭도들은 랑들이 나타나자 동요하기 시작했다. 남모가 말에서 내려 천관에게 다가갔다. 지독한 수련만 하던 남모는, 복스럽던 얼굴선이 날렵하고 그 눈길은 냉정했다.

"천관. 네 잘못을 뉘우치지 못하고 낭도들을 선동하다니!"

천관이 비통한 목소리로 말했다.

"저는 왕족과 귀족 자제에게 일부러 벌을 주지 않았습니다. 동도가 아픈 것은 제 불찰이오나, 결코 고의가 아니었습니다."

"하여 이런 짓을 벌인단 말이냐! 랑을 거역하고 원화의 가르침을 거부하는 행동은 반역이나 마찬가지다!"

"비켜주십시오. 저는 폐하께 고변을 하러 가는 길입니다."

"그만두지 못할까!"

수련복을 입은 위화랑이 호령을 하며 다가왔다. 낭도들이 일제히 위화랑에게 예를 갖추었다. 천관은 위화랑에게 고개를 숙였다.

"그동안의 수련이 헛것이었단 말이냐! 모두 낭도에서 쫓겨나고 싶으냐!"

위화랑의 호령에 낭도들이 겁을 먹은 표정이 역력했다. 준정이 위화랑에게 다가갔다.

"선화, 낭도들은 폐하께 고변을 하고 싶어 합니다. 비록 방법은 어리석었지만 천관의 잘잘못을 명백히 가리고, 낭도들의 원성에 귀를 기울여야 합니다."

그러나 남모가 날카롭게 외쳤다.

"이미 천관의 죄를 밝혀 그 처분을 결정하였는데, 무슨 말을 또 듣는다고 합니까?"

준정이 원화로서 엄격하게 말했다.

"낭도의 일은 폐하와 선화만이 죄를 묻고 판단할 수 있습니다."

그러나 남모도 지지 않았다.

"나는 랑으로서뿐만 아니라 폐하께 위임받은 공주의 자격으로 천관의 죄를 물었습니다. 천관뿐만 아니라 여기 있는 낭도들 중 누가 천관과 공모했는지 밝혀야 합니다."

위화랑이 낭도들에게 물었다.

"낭도는 신라의 자랑이고 자부심이다. 정녕 역적이 되고 싶은 것이냐? 누가 천관과 공모하였는가? 지금 나오면 용서해주겠으나 거짓이 있을 시에는 목숨을 내놓아야 한다!"

근엄하게 외치자 낭도들은 고개를 저을 뿐이었다. 천관이 위화랑을 향해 자신의 심정을 알아달라는 듯 애절한 목소리로 말했다.

"저의 억울함을 보고 평민 낭도들이 동참하였을 뿐, 그 어떤 공모도 없었습니다."

그러자 남모가 천관에게 한 걸음 더 다가섰다.

"공모가 없었다고? 옥에 갇힌 너를 풀어준 사람이 누구냐? 그자를 밝혀라."

천관이 깜짝 놀라며 머뭇거렸다.

"누가 널 풀어주었느냐?"

"그건, 제가, 스스로 탈출한 겁니다."

남모가 천관을 노려보더니 낭도들을 향해 외치며 칼을 뽑았다.

"그 자가 누군지 말하지 않는다면 이 낭도들을 모두 문초하는 수밖에 없다."

"안 됩니다!"

준정이 남모의 앞을 막았다.

"천관이 주장하는 신분 차별에 대한 문제를 살피고 억울한 점이 없는지 확인할 필요가 있습니다. 또, 죄 없는 낭도들에게 칼을 들이댈 순 없습니다."

남모가 준정 앞에 바짝 서며 낮은 소리로 말했다.

"차별이 어디 있었습니까? 원화께서 그리 말씀하시면 안 됩니다. 또한 자신의 무책임함으로 낭도들이 어떤 고통을 겪는지 천관이 눈으로 보게 해야 합니다."

남모는 서늘하게 말하고는 칼을 내민 채 낭도들에게 다가갔다. 그러자 한 낭도가 달려나와 남모 앞에 무릎을 꿇었다.

"살려주십시오. 천관을 살려주십시오!"

그리고는 천관을 돌아보며 겁에 질린 목소리로 말했다.

"낭두! 잘못했다고 비세요. 빨리 잘못했다고 비세요!"

동도 중 무예가 뛰어나 천관이 특별히 아끼던 평민 낭도 가람이었다. 남모가 가람에게 물었다.

"네가 천관과 공모하였느냐?"

가람은 고개를 흔들며 울음 섞인 목소리로 말했다.

"아니에요! 아무도 공모하지 않았어요, 아무도. 제발 천관을 살려주세요."

"네가 천관과 공모한 것이 분명하구나!"

남모가 칼을 높이 쳐들었다. 가람을 벨 듯이 칼을 휘두르자, 천관이 날렵하게 칼을 뽑아 남모의 검을 막았다. 준정이 소리쳤다.

"천관! 무슨 짓이냐? 랑에게 칼을 겨누다니!"

"제 스스로 탈출한 것입니다. 죄 없는 가람 낭도에게 칼을 겨누지 마십시오!"

남모가 칼을 잡은 손에 힘을 주었다. 두 사람의 칼이 팽팽하게 맞섰다.

"감히 랑에게 칼을 들었다는 것만으로 목숨을 내놓아야 할 것이다."

"아니옵니다. 감히 어찌 맞서겠습니까? 가람을 향한 칼을 막고자 했을 뿐입니다. 폐하를 뵙고 다 말씀드리겠습니다."

"내게 칼로 맞서면서 폐하를 뵙고자 한단 말이 나오느냐?"

"제가 동도들에게 과한 벌을 준 것은 사죄하겠습니다. 허나 저 때문에 아픈 동도가 평민의 아이였다면, 제가 옥에 갇히진 않았을 것입니다. 이렇게 랑을 막아서 칼을 드는 일도 없었겠지요!"

천관의 울부짖음이 끝나기 전에 남모가 칼을 휘둘렀다. 천관과 남모의 칼이 부딪혔다. 낭도들은 자신들이 무슨 짓을 했는지 이제야 깨달은 듯 뒤로 물러섰다. 남모는 노련하게 천관을 밀어붙였다. 그러나 천관도 만만치 않았다. 남모를 힘으로 밀어붙이며 전진할 때 가람이 그의 발목을 붙들었다.

"천관 낭두! 그만하세요. 칼을 놓으세요. 흐흑!"

가람은 천관의 발을 붙들고 울면서 애걸했다.

"낭두, 랑들이 다들 보고 계세요. 용서를 비세요. 그래야 살 수 있어요."

"놔라! 얼른 놔!"

천관이 뿌리치려고 했으나 가람은, 자신의 목숨이라도 내놓겠다는 듯 천관에게 매달렸다. 남모가 가람에게 다시 칼을 겨누었다.

"네가 내궁에 갇힌 천관을 풀어준 것이냐?"

남모의 칼 앞에서 가람은 벌벌 떨며 겁에 질린 눈으로 천관을 쳐다보았다. 천관이 당황하여 소리쳤다.

"아니오! 아니오! 이 아이는 아무 상관이 없습니다!"

"그러면 누구냐?"

지켜보는 낭도들의 얼굴에 두려움과 후회의 빛이 깊어졌다. 천관은 가람을 안타깝게 바라보며 소리쳤다.

"제발, 가람 낭도는 아무 상관없습니다."

그러나 남모는 가람의 목에 바짝 칼을 갖다 대며 날카롭게 외쳤다.

"그럼 누구냐? 그놈을 대지 않으면 네 목을 치겠다!"

천관은 흥분하여 남모에게 칼을 휘둘렀다. 순간, 꿇어앉아 있던 가람이 일어나 두 팔을 벌려 남모 앞을 가로 막았다.

"안 돼요, 낭두!"

남모를 겨냥했던 천관의 칼이 가람의 왼쪽 어깨를 베었다. 가람이 피를 흘리며 쓰러졌다. 낭도들 사이에서 짧은 비명이 터져 나왔다. 천관은 칼을 떨어뜨리고 가람에게 달려들어 부둥켜 안았다. 그때 남모가 검을 들어 천관의 목을 내리쳤다.

천관이 쓰러졌다. 낭도들은 비명조차 지르지 못하고 굳어버렸다. 천관의 목에서 피는 흐르지 않았다. 남모가 칼등으로 천관을 기절시킨 것이었다.

준정은 낭도들을 시켜 가람을 내의에게 데려가도록 시켰다.

"차마 목숨을 거둘 수는 없어 살려주었습니다."

남모는 냉정하게 말한 후 돌아섰다. 천관은 군사들에게 끌려갔다.

천관은 쉽게 깨어나지 못했다. 시간이 가슴을 졸이며 더디게 흘렀다. 낭도들은 그 일을 입 밖에 내지 않고 수련을 했다. 천관의 칼을 맞고 쓰러진 가람은 피를 많이 흘리긴 했으나 다행히 의식을 회복했다.

천관이 정신을 차렸다는 말을 듣고 준정이 찾아갔다. 몸의 일부가 마비되어 내의가 천관의 몸을 살피고 있었다. 몸을 일으키지도 못한 채 비스듬히 누운 그의 절망과 비통함이 준정에게 고스란히 전해졌다.

"천관. 정신을 차리거라. 내일 폐하께 너를 데려가겠다. 폐하께서 너의 고변을 들어주시겠다고 했다."

"가, 가람 낭도는, 어찌 되었습니까?"

"다행히 목숨은 건졌다. 잊지 마라. 많은 낭도들이 너를 바라보고 있다. 부끄럽지 않은 낭두가 되어야 한다."

천관이 일어나 꿇어앉으려 했으나 준정은 몸을 돌보라고 하고 돌아섰다.

그믐이라 어둠이 깊었다. 천관이 갇힌 옥을 지키던 병사가

교대를 하였다. 삿갓을 쓴 스님이 옥문 앞에 나타났다.

"죄인에게 마지막 길이 될지 모르니 부처님의 말씀 한 마디를 전하러 왔소. 내궁에서 허락하셨소."

병사가 잠시 자리를 비켜주었다. 천관이 고개를 번쩍 들었다.

"스님!"

입속에서 낮게 부르짖었다. 천관은 필사적으로 기어서 다가갔다.

"어리석기는. 후일을 도모하라 했거늘!"

"부끄럽습니다. 제가 생각이 짧았습니다."

후회와 수치심으로 천관은 고개를 떨어뜨렸다.

"내일 왕과 독대하면 목숨만 살려달라 빌어라. 운이 좋으면 동해의 병사로 따라가게 될 것이다. 이사부는 출발하여 닷새 뒤에 실직군의 수군을 돌아볼 것이다. 실직군의 바닷가는 지형이 험악하여 낭떠러지가 많다. 그때 너를 도와줄 사람이 있을 것이니 경거망동하지 말거라."

천관의 얼굴에 가느다란 희망이 보였다.

"감사합니다, 스님! 이 은혜, 목숨을 바쳐 갚겠습니다."

"말을 아껴라."

검은 그림자는 조용히 일어나 나갔다. 천관은 그 뒷모습을 바라보며 입술을 깨물었다.

천관을 만난 후 삿갓을 쓴 스님은 신당 앞에서 뒤를 돌아보았다. 깜깜한 어둠을 확인한 그림자는 대나무 숲속으로 사라졌다.

천관이 이사부를 따라 동해로 떠난 후, 랑들이 남당에 불려 왔다. 왕과의 회의를 마칠 즈음 지소가 말했다.

"낭도들이 늘어나다 보면 이처럼 예기치 않은 문제들이 또 발생할 수 있습니다. 앞으로 랑들께서 잘 단속해주시리라 믿지만, 이번 일을 계기로 제가 한 가지 제안을 드릴까 합니다."

지소가 웃으며 말하자 왕도 근심을 내려놓는 표정이 되었다.

"무슨 제안이냐?"

"이번 천관의 일을 제대로 처리한 데에는 남모 랑의 공이 큽니다. 준정 원화께선 공평하고 자애로우나, 이번 천관의 사태에 대한 책임이 크다고 봅니다. 낭도들을 단속하지 못하였으니, 준정 원화에게 그 책임을 물어야 한다는 말들이 있습니다."

의외의 이야기에 모두들 얼굴이 굳어졌지만 준정은 차분히 대답했다.

"책임을 깊이 통감합니다."

지소는 거침이 없었다.

"이번에 천관의 죄를 물어 단호하게 대처한 것은 남모 랑입니다. 공주로서 왕권의 위엄을 보이며 낭도들을 이끄는 지도력이 탁월합니다. 또한 탁순국에서의 전투에서도 홀로 탁순국 왕을 설득한 공이 큽니다. 하여, 남모를 원화로 임명하는 것이 마땅하다 아뢰옵니다."

남모는 어깨를 꼿꼿이 세우고 앉아 눈을 내리깔고 있었다. 남모는 왜와의 전투에서 돌아온 후 달라져 있었다. 아직 마음의 정리가 다 되지는 않았고 무엇을 해야 할지 마음이 서지 않았다. 나약한 공주로 살기보다는 당당히 자신의 길을 개척하고 싶었다. 그 생각에 이르러 남모는 눈을 들었다.

왕은 당황한 기색이 분명했다. 준정에 대한 믿음이 남다른 왕이었다. 위화랑이 어렵게 입을 열었다.

"그렇다면, 준정 원화를 폐하자는 의견입니까?"

지소는 좌중의 표정을 얼른 살폈다. 무리하여 자신의 의견을 관철시키기보다는 한 발자국 물러나야 한다고 생각했다.

"원화가 꼭 한 명이라야 합니까? 남모도 함께 원화로 세우자는 말씀입니다. 준정 원화께선 어떻게 생각하십니까?"

"어허! 네가 성급하게 관여할 일이 아니거늘!"

왕의 음성이 높아졌다. 랑들은 차마 준정을 볼 수 없어 고개를 숙였으나 준정의 표정에는 미동이 없었다.

"저는 책임을 지고 원화 자리를 내려놓을까 합니다. 남모 랑께선 여러 모로 원화가 되시기에 충분하다고 생각합니다."

준정의 대답에 지소가 왕의 눈치를 한 번 보고 말했다.

"애초에 선도 시절에 공주들이 자기의 군사들을 수련시키고 위화랑이 귀족 자제들을 모아 낭도의 바탕을 이루었습니다. 준정과 남모, 두 원화가 낭도들을 이끈다면 낭도들도 불만이 없지 않겠습니까? 준정께서 한사코 원화 자리에서 내려오겠다면 어쩔 수 없지만요."

지소는 위화랑을 쳐다보며 동의를 구하는 표정을 지었다. 위화랑은 입가에 주름을 잡은 채 깊은 숨을 내쉬었다.

"원화의 역할과 의미를 고려해서 좀 더 논의해봐야 할 문제입니다."

지소는 귀족들을 만나 원화에 대한 내용을 건의하도록 설득했다. 귀족들은 준정보다 신분이 높은 남모가 원화가 되면, 그 위상이 더 높아질 수 있다고 판단했다.

538년, 법흥왕 25년 남모는 준정과 함께 원화에 봉해졌다. 그리고 남모와 미진부가 혼인을 하였다. 그해가 가기 전 탁순국은 신라에 병합되었다.

3

월궁

여인도 왕이 되어야 합니다

왕은 긴 회의를 끝내고 내궁에 들었다. 상대등으로 하여금 귀족들의 호화로운 생활을 금하라고 명했으나 지켜지지 않았다. 가난한 백성들의 사정을 외면하고 온갖 가재도구에 금박 장식이나 하려고 하는 귀족들에게 왕은 분노했다. 곧 있을 가배 행사 때에 가난한 백성들을 잘 돌보라 당부하고 남당을 나왔다.

옥진은 마침 비대공과 함께 산보를 나서는 길이었다.

"어디로 가는 길인고?"

왕은 비대공의 하얀 볼을 두 손으로 쓰다듬었다. 어린 자식이 주는 따스함에 왕은 마음이 편안해졌다.

"어머님과 후원을 둘러보려고 했지만 아버님께서 함께하신다면, 낭도들의 검술과 궁술 시합을 보러 가고 싶습니다."

비대공은 성정이 순수하고 마음이 여려 왕이 보기엔 애틋할 때가 많았다. 그런 비대공이 자랑스럽다는 듯 옥진이 비대공의 머리를 쓰다듬었다.

"우리 왕자는 얼른 랑이 되고 싶답니다. 암, 그래야지요. 태자도 랑이 되어 자랑스러운 신라인의 경험을 쌓아야 하지 않겠어요?"

말을 타고 돌고 있던 두 원화가 왕의 행차를 보고 말에서 내려 다가왔다. 왕이 준정을 향해 느긋하게 말했다.

"우리 비대공이 낭도들의 시합을 보고 싶다고 해서 왔네."

준정이 예를 갖추자 비대공이 준정에게 다가왔다.

"원화, 어제도 들렀다가 수련 중이시라 그냥 돌아갔습니다. 얼굴이 야위셨습니다."

비대공의 키가 부쩍 자라 이젠 준정과 나란히 섰다. 위화랑이 내어준 자리에 앉아 옥진이 준정을 바라보며 넌지시 웃었다.

"우리 비대공이 준정 원화를 제 벗이라 하며 얼마나 끔찍이 위하는지 모른답니다."

"벗이라, 허헛!"

왕도 만족스러운 듯 고개를 끄덕였다.

"모두들 여기 나와 계시군요. 제가 한발 늦었나 봅니다."

지소였다. 지난 봄, 지소의 남편인 입종공이 죽었다. 지소는 백 일 동안 흥륜사에서 입종공의 극락왕생을 빌었다. 월궁에 돌아와 오랜만에 지소가 삼맥종의 손을 잡고 나선 것이었다.

지소의 얼굴엔 생의 고비를 겪어낸 사람의 연륜의 묻어났다. 슬픔도 공허함도 다 비운 표정이었다. 오히려 새로운 길을 나서려는 의지가 담담하게 드러났다.

"오, 삼맥종! 이리 오너라."

삼맥종을 안아주는 왕을 바라보는 옥진의 얼굴에서 웃음이 걷혔다.

"남모 원화의 검술 시범 잘 보았습니다. 가히 따를 자가 없겠습니다."

지소의 말에 남모가 고개를 숙였다.

"우리 비대공은 벌써부터 랑이 되고 싶어 한답니다. 태자가 낭도들과 함께 수련을 한다면 낭도들의 사기가 높아지지 않겠어요?"

옥진이 지소를 똑바로 쳐다보며 말했다. 지소는 보일 듯 말 듯한 쓴웃음을 지으며 고개를 돌렸다.

낭도들은 대열을 정비하여 물러가고 원화를 위시한 랑들이 왕에게 예를 차렸다. 왕은 랑들을 둘러보며 말했다.

"우리 신라의 앞날은 낭도들에게 달려 있네. 지금은 백제와 고구려보다 힘이 미약하나 가야국들을 하나씩 합병해 힘을 키우면, 언젠가 백제와 고구려의 힘을 넘어설 수 있겠지."

원화와 랑들은 왕 앞에 충정을 다할 것을 맹세했다. 그때 한 발자국 뒤에 서 있던 지소가 나섰다.

"랑들의 맹세를 들으니 마음이 놓입니다. 랑들은 폐하뿐만 아니라 후대 왕에게도 통일의 꿈을 위해 충성을 다해야 할 것입니다."

지소는 랑들을 한 사람씩 쳐다보며 확인하듯 말했다.

"그리고 그 후대, 폐하의 혈통을 이을 왕은 성골 왕족 중에서 나와야 합니다."

위화랑을 비롯한 모든 랑들이 흠칫하며 고개를 숙였다. 왕의 노한 눈길을 지소는 피하지 않았다. 여러 랑들 앞에서 작정을 하고 한 말이었다. 자신을 노려보는 옥진을 지소는 신경도 쓰지 않았다. 햇살이 증발한 듯 마른 침묵이 흘렀다.

"하하, 삼맥종. 이리 와봐. 내가 검술을 가르쳐줄게."

저만치 떨어져서 들리는 비대공과 삼맥종의 웃음소리가 다른 세상의 소리처럼 퍼졌다.

"원화들은 낭도들을 격려해주고 새로이 낭두로 뽑힌 청년들의 사가에는 선물을 보내도록 하시오."

왕은 자리를 뜨며 지소에게 나지막이 일렀다.

"따라오너라."

사모들은 멀찌감치 떨어져 숨을 죽이며 따랐다. 왕은 남당 뒤편에 있는 정자에 올랐다. 월궁이 한눈에 내려다보였다. 지소는 고개를 숙이고 왕의 말을 기다렸다.

"공주가 부군의 자리를 비워놓을 순 없지. 마음에 정해둔 사람이라도 있느냐?"

의외의 물음에 지소는 머뭇거렸다.

"내가 마음에 둔 사람이 있다."

지소도 마음에 둔 사람이 있었다. 왕이 먼저 말했다.

"박영실은 어떠냐?"

박영실! 지소는 치맛자락을 움켜쥐었다. 박영실은 옥진이 후궁이 되기 전 사가의 남편이었다. 성품이 어질고 왕과 마음이 잘 통하는 사람이었다.

"옥진 궁주의 남편이었던 사람이 우리 삼맥종에게 아비 노릇을 제대로 할 수 있겠습니까? 싫습니다."

왕은 긴 숨을 내쉬었다.

"너도 알다시피, 귀족들이 돌아가며 마립간에 오르다가 선대인 지증왕께서 내게 왕위를 물려줌으로써 비로소 왕권이라는 것이 만들어졌다. 그러니 나도 장자인 비대공에게 물려주어야 정통성을 인정받고 왕권을 강화할 수 있다. 어렵게 만들어가고 있는 왕의 권위를 또다시 흔들리게 할 수는 없다. 공주인 네가 정녕 이것을 모른다고 해서는 안 된다."

왕은 진심을 담아 호소하였다. 지소가 왕에게 다가서며 간절히 말했다.

"왕권은 성골이 왕이 되어야 정당성을 인정받습니다. 옥진 궁주는 오도 부인의 딸로 귀족도 아닌데, 비대공을 태자로 삼는다면 귀족들 앞에서 권위가 서겠습니까? 자기들보다 신분이 낮은 왕을 귀족들이 받들겠습니까?"

"정녕 나의 뜻을 네가 모르고 하는 소리냐!"

왕의 음성이 굵어졌다. 지소가 왕 앞에 무릎을 꿇었다.

"한 번만 더 생각해주십시오. 아버님껜 저와 삼맥종이 있습니다."

지소를 내려다보는 왕의 눈에서 힘이 풀어지더니 탄식하듯 말했다.

"지소야. 너는 내게 아들 같은 딸이다. 왕권이 좀 더 튼튼했더라면 너에게 왕위를 물려주어도 된다. 그러나 힘 있는 장자에 왕위가 이어지지 않으면 아직도 위협받고 불안한 왕위이다. 비대공은 천성이 착하고 너그러워 많은 신하들이 따르고 있다. 게다가 나는 이미 나이가 많아 삼맥종이 내 뒤를 잇기에는 너무 어리다."

지소는 울컥했다.

'왕권이 튼튼했더라면 너에게 왕위를 물려주어도 된다.'

왕의 그 말이 자신을 회유하기 위한 감언이 아닌 줄 지소도 알고 있었다. 오래전부터 지소의 마음에서 품고 살았던 말이 고개를 들었다. 가슴속에서 그 말이 솟구쳐 올라오려 했다.

'제가 아버님의 뒤를 잇겠나이다. 제게 왕위를 물려주십시오.'

지소는 입술을 깨물었다.

'부처님, 그 말을 할 수 있는 힘을 주십시오.'

여인은 왕이 되어서는 아니 되옵니까, 그 말이 입에서 맴돌았다. 그때 정자 밑에서 조심스럽게 들리는 소리가 있었다.

"폐하. 상대등이 남당에 다시 들어 뵙고자 청하옵니다."

"음……."

왕은 머리를 손으로 감싸 쥐었다. 지소가 아래를 내려다보고 조용히 일렀다.

"오늘은 회의도 있었고 폐하께서 피로하시니, 내일 뵙자 하시오."

"아니다, 내가 곧 남당에 들르겠노라."

왕이 손을 들어 지소를 말렸다.

지금이 아니면 왕에게 말을 할 기회가 없을 것이다. 올라오는 말을 또 억누르고 나면 두고두고 후회할 것이다. 지소는 돌아서는 왕을 불러 세웠다.

"아버님!"

왕이 돌아보았다. 지소는 왕의 눈길을 피하지 않고 떨리는 목소리로 말했다.

"아버님께서 이루고자 하시는 개혁을 가장 잘 이해하고 완성할 수 있는 사람은 저입니다. 저는 결코 아버님을 실망시키지 않을 자신이 있습니다."

담담히 지소를 바라보던 왕의 눈에 힘이 들어갔다.

"그래서, 태자가 삼맥종이어야 한단 말이냐?"

"제가…… 제가, 아버님의 뒤를 잇고 싶습니다. 제가, 왕위를 물려받아 아버님께서 원하시는 신라의 모습을 만들겠나이다!"

왕의 눈이 커다래지고 핏발이 서더니 눈을 꾹 감았다. 지소는 떨리는 심장을 억누르고 말을 이었다.

"우리 신라는 여인네도 말을 타고 활을 쏘며, 어머니의 신분이 세습되는 나라입니다. 낭도들의 우두머리인 원화도 여인입니다. 아버님, 정녕 여인은 왕이 되어서는 아니 됩니까?"

"지소야!"

"저에게 왕위를 물려주십시오. 제가 아버님의 뜻을 받들겠습니다. 그리고 우리 삼맥종에게 물려주어 성골 왕족의 혈통을 지킬 것입니다."

왕은 이마를 짚고 비틀거렸다. 지소가 무릎을 꿇었다.

"제가 아버님의 뒤를 있겠습니다. 아버님께서 생각하시는 과업, 가야국들을 병합하여 강건한 신라를 이룩하겠습니다!"

"지소야!"

"그리하여! 삼맥종에게 왕위를 물려주어 그 과업을 완성하겠나이다. 제가 그 일을……"

지소는 왕을 올려다보았다.

"제가 그 일을 하겠나이다. 저와 삼맥종만이 왕권을 바로 세울 수 있습니다!"

왕의 눈동자가 붉어졌다. 난간을 붙들며 비틀거렸다. 지소가 얼른 일어나 팔을 붙들었으나 왕이 뿌리쳤다. 호위무사들이 급히 올라와 양쪽에서 왕을 부축했다. 왕은 천천히 정자에서 내려가며 뒤를 돌아다보았다. 뜨거운 눈물을 쏟는 지소와 눈이 마주치자 왕은 긴 숨을 내쉬며 애써 눈길을 외면했다.

바람이 지소의 어깨를 흔들었다. 지소는 가슴속에서 끊임없이 기어 나오는 탄식과 울분에 입술을 깨물었다. 노을이 정자를 삼킬 듯 빠르게 번져왔다. 정자에서 내려오는 지소의 다리가 후들거렸다. 부축하러 다가오는 사모를 물리치고 지소는 혼자 걸었다.

낭도 수련장을 지날 무렵 말발굽 소리가 들렸다. 넓은 수련장을 말을 타고 도는 사람이 있었다. 흑마를 탄 준정이 앞서 달리고 백마를 탄 비대공이 뒤따라 달리고 있었다. 많은 신하들이 비대공을 따른다고 했다. 원화가 비대공을 지지한다면 원화를 믿는 많은 이들이 비대공을 따를 것이다.

준정, 그대를 내 사람으로 만들 수 없다면 차라리 그대를 버리겠다.

지소가 처소로 들 무렵에야 뒤따르던 사모가 다가와 머뭇거리다 고했다.

"저, 폐하께옵서……."

사모는 속삭이듯 운을 떼더니 뒷말을 잇지 못하고 눈치를 살폈다.

"무엇인가? 고하게."

사모는 지소에게 바짝 다가와 귓속말을 하듯이 말했다.

"폐하께서 오늘 밤…… 공주님을 박영실 공의 처소로 모시라 하셨습니다."

지소는 사모를 노려보았다. 사모는 죽을죄를 지은 듯이 몸을 움츠렸다. 지소는 주먹을 불끈 쥐며 몸을 떨었다.

그럴 수는 없습니다. 제가 따로 선택한 사람이 있습니다, 아버님.

밤이 깊어갈수록 달빛이 요요해졌다.

구름에 싸였던 달이 허물을 벗고 본색을 드러냈다. 창에 비친 달빛이 어깨 위로 흘러내렸다. 지소는 달빛이 비친 자신의 맨살을 처음 보는 듯했다. 달빛에 고요히 드러난 팔을 이사부의 손이 부드럽게 감싸 안았다. 그의 투박한 손끝이 세세하게 떨고 있었다. 거친 숨결이 지소의 귀에 와 닿았다. 닫혀 있던 지소의 몸이 서서히 열리고 있었다. 가슴속에서 불꽃이 붉게 터져 나왔다. 숨구멍이 활짝 열린 살결에 땀이 맺혔다. 지소는 돌아서서 이사부를 껴안았다. 옷이 흘러내리고 맨 등에 그의 손길이 와 닿는 순간, 지소는 멈칫했다.

"약조를 해주세요."

이사부가 지소를 사랑스러운 눈길로 바라보았다.

"나를 그대의 왕으로 여겨주세요. 나는 천하를 그대의 세상으로 여기겠습니다."

이사부는 지소의 허리를 힘껏 껴안았다. 그리고 지소의 귓가에 뜨거운 숨결로 대답했다.

"이 순간부터 죽을 때까지 지소 당신만이 나의 왕이오."

외롭고 서늘하기만 하던 지소의 등을 뜨거운 손이 어루만지며 협곡을 따라 아래로 미끄러져 내렸다.

온전히 나의 남자를 가진다…….

지소의 눈에서 눈물이 흘렀다. 이사부는 지소의 감은 두 눈에 입을 맞추었다.

운명의 갈림길

지소가 자추사에 들어 향을 피우고 부처님 앞에 절을 올렸다.

"입종공은 이생의 업을 다하셨습니다. 욕심 없이 사셨으니 윤회의 고리에서 벗어나 열반에 드실 것입니다."

요가 지소를 향해 합장하며 말했다.

"스님, 제가 어찌해야 할지 부처님께 여쭙고 싶습니다. 제 운명이 무엇인지, 어찌해야 지혜를 얻을 수 있을지 모르겠습니다."

지소의 말에 요가 담담한 표정으로 말했다.

"선과 악의 사유를 알고 은혜로움을 아는 것이 지혜라 했습니다. 공주님은 이미 사유가 많고 깊으시니, 소승이 어찌 짧은 말로 지혜를 전할 수 있겠습니까? 다만, 모든 것의 실상이 공이요 무상임을 분명히 알아야 하니, 욕망을 벗지 못하면 어찌 지혜를 안다 하겠습니까?"

지소의 눈빛이 잠시 흔들리다 요에게 다그치듯 물었다.

“스님께서는, 정녕 그 지혜에 다가가셨나요? 사유의 선과 악을 알아 선한대로만 행하며, 욕망은 모두 버리셨나요?”

요가 문득 지소의 얼굴을 가만히 보았다. 요의 입가에 잠시 수심이 어리는 듯했다.

“저 역시 도달하지 못하였습니다. 저는 어리석음의 어둠을 멸해 지혜의 밝음을 얻으려고 하지요. 부처님께선 어둠까지 관조할 줄 알아야 비로소 지혜를 얻는다고 하셨는데, 저는 지금 어둠과 싸우고 있습니다.”

지소가 눈길을 떨어뜨리며 자조의 웃음을 지었다.

“무슨 말씀인지 다는 알 수 없으나, 스님께도 번뇌가 있음이 느껴집니다. 처음으로 스님이 인간적으로 느껴집니다.”

준정은 두 사람의 대화를 들으며 아무 말도 하지 않았다. 지소는 준정에게 무슨 말인가를 하려다가 입을 다물고 돌아섰다. 요가 그 뒷모습을 보고 말했다.

“욕망으로 가득 차 있으니 어찌 번뇌에서 벗어나겠느냐? 하기야 왕의 자식이니, 욕망도 클 수밖에.”

“공주님은 자신의 운명에 대해 고민하고 계신 듯했습니다.”

운명이라……. 요는 혼잣말처럼 중얼거렸다.

“너와 나의 인연 또한 운명이 아니겠느냐? 부처님께서 이 인연을 주셨을까?”

준정이 웃음을 지어 보였다.

“죽으려는 저를 살리셨으니, 운명이 아니라고는 못하겠지요.

부처님의 은혜입니다."

요가 그런 준정을 가만히 보다가 멀리 허공에 눈을 두고 물었다.

"준정아, 혹시 네 어머니에 대한 기억이 있느냐?"

어머니라니, 한순간에 준정의 가슴이 먹먹해졌다.

"아, 아닙니다. 저를 낳으신 지 얼마 후에 돌아가셨다 들었습니다. 그런데 왜 물으십니까?"

"너처럼 고운 딸을 가진 어머니가 지금 계신다면 네가 참으로 자랑스럽지 않겠느냐, 문득 그런 생각이 들었다."

준정은 요와 자신의 인연을 생각했다. 이차돈의 묘 앞에서 죽고자 했을 때 만났던 비구니 스님, 삼상공의 장례식 때도 누군가 어머니에 대해 물었었다. 준정은 이제야 다시 물었다.

"제 아버지의 장례식 때 한 비구니 스님께서 제게 어머니에 대해 물으셨지요. 그분이 스승님이셨지요?"

요는 엷은 미소를 보였다.

"준정아, 나는 네가 원화를 그만했으면 좋겠다. 지소는 너를 원화 자리에서 몰아내고 남모를 올리고 싶었을 게야. 삼맥종을 위해 남모를 자기 사람으로 만들어야 했겠지."

준정도 모르는 바가 아니었다.

"귀족 자제들과 회합도 자주 하고. 저러다간 또 천관 같은 낭도가 나오지 말란 법이 없다. 백성이 누구나 평등하게 잘 사는 세상이 올 것 같으냐? 신분이라는 것이 있는 한, 결코 평등한 세상은 오지 않는다."

오늘 요의 음성은 깊이를 알 수 없는 강이었다.

"신분이란 걸 누가 만들었느냐? 이 나라의 신분제는 왕이 만들지 않았느냐?"

준정은 왕을 언급하는 요의 단호한 말투에 놀랐다.

"천관은 공을 세운 낭도임에도 불구하고 신분이 천하다 하여 쉽게 버렸지. 신라의 귀족들은 결코 평민을 동등하게 대우해주지 않을 것이다."

천관을 떠올리자 준정도 그를 지켜주지 못한 죄책감에 마음이 아렸다.

"결국 너도 화를 입을까 심히 염려스럽다. 나와 같이 월궁을 떠나 부처님만 바라보며 사는 것이 어떠하냐?"

"어디로 떠나고자 하십니까?

준정은 깜짝 놀라 물었다.

"불도에 정진하여 생을 공으로 만들어야 하거늘, 나에겐 불도로는 이룰 수 없는 꿈이 있구나. 중생을 구제하지 못하고 오히려 중생의 번뇌를 내가 짊어져야 한다. 그것이 나의 번뇌이다."

"스승님, 불도 외에 무슨 다른 뜻이 있단 말씀입니까?"

요의 목소리가 부드러워졌다.

"반파국(伴跛國)*이란 나라를 아느냐?"

"반파국이라면, 대가야 옆에 있다는 소국이 아닙니까? 들은 적이 있습니다."

"그 나라에 가면 욕심 없이 사는 사람들이 있지. 나와 친했던 벗도 반파국 사람이었어. 그런데 신라에 오더니 마음이 변해버렸지."

의외의 말에 준정은 어안이 벙벙할 뿐이었다.

"너의 사가가 연화향도라 하였지?"

"예. 어인 일로 물으십니까?"

"내, 손님을 맞을 일이 있는데, 연화향도로 오라고 했다. 나 갔다 오마."

요는 월궁에서 나와 인가가 드문 쪽으로 말을 몰았다. 준정의 집으로 가는 길을 비켜 남천으로 향했다. 햇볕이 뜨거울수록 초록빛 잎들은 짙은 그늘을 만들어주었다. 언덕에 올라 삼산공의 묘지 앞에 섰다. 그 옆에 나란히 앉은, 비석도 없는 작은 묘가 벗의 뼈를 묻은 곳이었다. 요는 묘 앞에서 합장을 한 후 강을 내려다보았다. 강은 햇빛을 받아 반짝이며 피어올랐다. 강물을 빠져나온 빛은 물빛을 머금고 더 영롱하게 빛났다.

요가 월궁으로 돌아온 것은 날이 어두워진 후였다.

비가 세차게 내렸다. 한낮이 품었던 초록빛은 짙은 안개가

---

* 대가야에 인접한 가야 소국

되어 쌓였다. 빗방울이 처마에 떨어지는 소리가 억세게 들렸다.

선화당에 든 위화랑은 깜짝 놀랐다. 여인이 서 있었다. 모시옷이 흠뻑 젖어 여인의 어깨와 가는 허리와 둔부의 선이 드러났다. 비로소 여인의 머리를 보았다. 요였다.

요는 양나라의 명필이 쓴 글씨를 보고 있었다.

"스님."

요가 고개를 돌리는 순간, 머리에 매달렸던 물방울이 바닥으로 툭 하고 떨어졌다. 그 모습이 늦은 여름 피었다가 떨어지는 한 떨기 부용 같았다. 연분홍 살결이 그대로 보이고 한가운데의 단심은 붉은 입술이었다. 평소의 요와는 다른 모습이었다.

"스, 스님."

요의 얼굴을 보고 위화랑은 잠시 숨이 막힐 듯 놀랐다. 비를 맞는 잎들이 꿈틀거리는 소리를 내는 밤, 비에 젖은 부용 한 송이가 그의 가슴을 흔들었다.

"늦은 시간 예의가 아닌 줄 알면서 찾아뵈었습니다."

젖어드는 목소리였다. 위화랑은 눈길을 거두어 의자에 앉기를 권했다.

"사가에 일이 있어 나갔다가 돌아오는 길에 들렀습니다."

요의 사가가 서라벌에 있었던가. 사가가 어디를 말하는지 알 수 없었으나 흰 모시옷을 입은 것으로 보아 사가에 들르기는 했던 모양이다. 위화랑이 흰 수건을 내밀자 요는 그것을 받아 얼굴의 물기만 닦았다.

의자에 앉은 요는 무슨 이야기를 꺼내려 하는지 깊은 한숨을 내쉬었다. 숨을 쉴 때마다 가슴이 솟았다가 가라앉기를 반복했다. 크게 부푼 가슴은 아니었지만, 비밀을 감춘 듯한 오목한 가슴골을 훔쳐보고 위화랑은 그만 아득해졌다. 요의 몸에선 물속에서 갓 끄집어 올린 해초 냄새가 났다.

"지난날, 뜻을 같이한 벗이 있었지요. 그런데 벗이 마음이 변하여 한 남자의 여인이 되고 아이를 낳더니, 그만 죽었습니다. 저는 그 벗이 변심하였다고 섭섭했는데, 오늘 문득 그리워졌습니다. 벗이 영면한 곳에 서서 벗이 좋아했다는 남천을 바라보는데, 그 벗이 오늘은 부러웠습니다. 나도, 사내의 품이 있었더라면 어쩌면 나도……."

요는 자조의 웃음을 지었다.

"제가 왜 위화랑께 이런 말을 하는지 아실지 모르겠습니다."

눈을 내리깐 채 말하던 요가 천천히 눈을 들어 위화랑을 바라보았다. 무언가 갈구하는 눈빛과 애틋한 목소리는 평소의 요가 아니었다.

"저는 이제 더 이상 자추사의 주지승이 될 수 없습니다. 제 길을 가야 할 때가 왔습니다. 허나 그 길이 한 번 가면 돌아올 수 없는 영원의 길이라, 월궁에서의 인연에 미련이 남는군요."

"월궁을 떠나겠다는 말씀입니까? 스님의 길을 가시겠다면, 월궁을 떠나 수행만 하시겠단 말씀입니까?"

요는 위화랑의 다급한 질문이 들리지 않는 표정이었다.

"누가 나의 미련을 붙들어주었으면 하는 생각이 듭니다. 쓸쓸함을 누가 녹여주었더라면 이 길을 가지 않았을 텐데, 하고요."

요의 눈빛이 뜨거워지고 있었다. 요는 위화랑의 두 눈을 바라보며 자리에서 일어났다. 그리고 그의 앞에 바짝 다가섰다. 위화랑의 몸이 요의 젖은 가슴에 닿을락 말락 했다.

"그대 같은 사내라면, 하나만 생각하고 살아온 내 인생을 바꿀 수도 있을 텐데. 제 속을 눈치 채지 못했나요? 어찌 단 한 번도 나를 돌아봐주지 않았습니까?"

요가 더 다가섰다. 위화랑의 가슴팍에 요의 젖은 가슴이 닿았다. 차가운 물기 너머에서 뛰는 심장 소리는 뜨거워질 채비를 끝낸 듯 가득 부풀어 있었다. 위화랑의 심장도 요동치기 시작했다.

"남녀가 화합하는 그 열락의 즐거움을 바라기엔, 내가 너무 늙었나요?"

요의 눈동자에 인내하는 위화랑의 모습이 비쳤다. 위화랑의 입술이 달싹거리다가 말했다.

"나는 당신을 안을 자격이 없소. 당신에게 흔들린 적이 많았고 지금도 가슴이 뛰지만 그래서는 아니 되오. 당신은 뜨거워지고 싶은 여인이오."

그러자 요가 위화랑의 목에 팔의 감았다.

"날 허물어보세요. 저도 사내의 품에 모든 걸 걸어보고 싶어요. 그래야 내 선택에 후회가 없겠기에."

요는 천천히 위화랑의 얼굴에 자신의 입술을 갖다 댔다. 해초 냄새가 나던 요의 몸이 요동치며 숨이 넘어갈 듯했다. 부드럽게 밀착해 오는 여인의 입술, 위화랑은 그것을 느낀 듯 온몸이 부르르 떨렸다. 여인의 뜨거운 기운이 온몸에 퍼져 몸 전체가 단단해지고 있었다. 참지 못하고 두 팔로 요의 어깨를 끌어안았다. 요는 바들바들 떨면서 미친 듯이 위화랑의 품을 파고들었다. 터져 나오는 열기를 견디지 못한 위화랑은 몸부림을 치며 요의 어깨를 꽉 쥐었다. 그러나 그것도 잠시, 곧 밀어내고 말았다.

요는 온몸의 핏줄이 터져나가는 듯했다. 처음 느껴보는 사내의 억센 팔이 자신을 놓아주지 않았으면 싶었다. 다시 위화랑에게 안겨드는 요의 얼굴을 위화랑이 두 손으로 꽉 잡았다. 참을 수 없는 욕정을 참아내려고 그의 얼굴은 벌겋게 달아올랐다.

"안 되오! 나는, 나는 당신을 안을 수 없소!"

위화랑의 부르짖음에 요는 굳어버렸다. 황홀하게 그를 보던 요의 눈빛이 잠시 흔들렸다.

"폐하께서, 낭도들을 위해 사력을 다하라 하셨고, 나는 사가에 아내와 자식이 있소."

"저와는 크게 상관없는 일입니다."

"요, 나는 당신을 감내할 자신이 없소."

요의 얼굴에 원망과 절망이 어렸다. 달아올랐던 요의 몸이 식어가는 걸 위화랑은 똑똑히 보았다. 요의 반쯤 벌린 입술에서 조소가 튀어나왔다.

"나를 감당할 수 없단 말입니까?"

위화랑은 자신이 위선적이고 비굴하다고 느꼈지만 요를 다시 안을 순 없었다. 요에게 빠지면, 미치도록 빠져들었다가 결국 모든 걸 잃어버릴 것이다.

"내 가치의 전부를 걸어보고 싶었는데……."

요는 벗어 놓은 삿갓을 쓰고 돌아섰다. 젖어 있던 요의 어깨는 식은 김이 피어올랐지만, 요의 뒷모습은 만지면 부서질 듯 말라 있었다.

세차게 내리던 비가 그쳤다. 비에 젖은 나무들이 뿜어내는 냄새가 연못에 가득 찼다.

남모는 월하정에서 한참 동안 비가 그치기를 기다렸다. 세찬 빗소리는 상념을 가리기에 좋았다.

탁순국의 국경에서 그와 보낸 하룻밤이 남모의 마음에서 떠나지 않았다. 남모는 자신의 방에 숨어 든 백아에게 물었다. 왜관에서 칼로 맞섰던 일, 김휘의 음모에 백아도 관련된 것인지 물었다.

"나는 신라의 공주입니다. 신라를 위험에 빠뜨리게 하는 일은 용서할 수 없습니다."

"왜관에서 사신을 죽이려 하기에, 당신을 보호하기 위해 내가 나설 수밖에 없었소. 김휘가 우리에게 도움을 청하여 금오산에 갔으나, 이 역시 더 큰 살상을 막기 위함이었소. 당신을 만난 후 나는, 모든 결정에서 당신이 최우선이 되었소."

사아는 백아란 이름으로 왜와 가야를 오가고 있었다. 주변국의 상인들이 자유롭게 오가는 왜관의 특성상 그의 신분을 숨길 수 있었던 것이다. 그러나 신라의 입장에서 본다면 그는 백제의 첩자나 다름없었다.

"모든 일을 지금 다 설명할 수 없지만, 나를 믿어주시오. 앞으로 벌어지는 모든 일을 내가 다 막을 수는 없지만, 내 가슴은 이미 당신에게 가 있소. 내가 당신 앞에서 또다시 칼을 드는 일이 있다면 그건 당신을 보호하기 위해서요."

불안 속에서도 남모는 그에게 기대고 싶었다. 오랫동안 그날 밤을 기다려온 것처럼 그에게 안겼다. 자신의 이중성에 놀라면서도 남모는 그에게 안겨 마음이 가득 차는 만족감으로 눈물을 흘렸다. 그러나 그것도 잠시, 다음 날 왜와의 전투에서 그와 또 칼을 겨누어야 했다.

유수가 그의 복면을 벗기려고 할 때, 남모는 막을 수밖에 없었다. 백아의 얼굴을 차마 그렇게 마주할 순 없었다. 그날 왜선에 나타난 상황도 나를 보호하기 위해서였단 말인가. 아니면 그에게 느꼈던 감정들이 처음부터 품어서는 안 되는 것들인가. 그를 사모하는 사실만으로 신라를 배신하는 일인지, 그것도 운명인지 알 수가 없었다. 그를 잊기 위해 왕명에 따라 미진부와 혼인을 했다. 그러나 미진부 역시 자신과의 혼인에 뜻이 없었음을 남모는 알고 있었다.

비가 그쳐 있었다.

"남모 원화님."

월하정 아래에 삿갓을 쓰고 승복을 입은 사람이 서 있었다. 오늘 자추사의 법회에 참여했던 스님 몇 분이 월궁에 머물고 있었다. 그 스님들 중 한 분인가 싶어 남모는 얼른 정자에서 내려가 합장했다.

삿갓을 쓴 이도 마주 보고 합장을 하더니, 소매 속에서 무언가를 꺼냈다. 비단주머니였다.

"궐 밖의 절에서 누군가 저에게 이것을 남모 원화님께 전해달라 간곡히 부탁하였습니다. 원화님 휘하의 낭도의 가족이라 하기에 위험한 물건은 아닌 것으로 보여, 감히 제가 전해드립니다."

목소리가 맑은 젊은 스님은 합장을 하고 물러났다. 남모는 손에 받아든 비단주머니가 묵직하게 느껴졌다. 남모는 비단주머니를 품에 넣고 처소로 왔다.

비단주머니를 열었다. 백아에게서 받은 은팔찌와 똑같은 것이었다. 남모는 가슴이 두근거리기 시작했다. 방문을 잠근 후, 서랍 깊숙이 숨겨둔 하얀 비단주머니를 꺼냈다. 비단을 벗기자 백아에게서 받은 은팔찌가 나왔다. 왜와의 전투 이후 남모는 팔찌를 빼서 서랍 속에 두었다. 똑같은 팔찌 두 개를 나란히 놓고 보자 백아와 나란히 앉아 있는 것만 같았다. 백아를 잊으려고 했지만 오히려 이렇게 기별이 오기를 기다리고 있었다는 걸, 팔찌를 보며 깨달았다.

젊은 스님에게서 받은 은팔찌를 들어 용의 머리를 돌려보았다. 손바닥 안에 들어올 만큼 작은 비단조각이 동그랗게 말려 있었다. 돌돌 말린 비단을 조심스럽게 펼쳐보았다.

가배의 마지막 날 환도 행사가 끝난 뒤, 스님을 따라 오십시오. 뵙고 우리의 앞날을 의논하고 싶습니다.

세필로 가지런히 쓴 글씨, 백아의 글씨체였다.

우리의 앞날을 의논하고 싶습니다, 그 말이 남모를 흔들었다. 우리에게 함께 할 앞날이 있다는 것이었다.

온몸을 남김없이 태워 아스라이 재만 남을 만큼 격렬했던 그 밤이 다시 떠올랐다. 신라의 공주이기 이전에 한 여인이고 싶은가. 이 사내를 품는 것이 처음부터 허락되지 않는 신라의 원화이어야 하는가. 운명의 갈림길에서 결국 선택을 해야 할 순간이 다가오고 있음을 남모는 알고 있었다.

폐하를 지켜라

가배의 마지막 날이 밝았다. 낭도들의 행사를 시작하기 전, 낭도 수련장에는 승복을 입은 젊은이들이 스무 명 남짓 모였다. 요가 아는 노스님의 제자들인데 그들의 무술 실력이 뛰어나다고 했다.

궁술과 검술, 말 타기 외에도 무술 시범을 보였는데, 과연 일찍이 보지 못한 솜씨들이었다. 중국 연나라 스님들의 무술을 배우고 연마해서 제대로 실력을 키운 것이라 했다.

왕이 직접 참석하여 무술 시범을 본 뒤 크게 만족해하며 요에게 말했다.

"우리 낭도들만 최고인 줄 알았는데, 숨은 실력자들이 었었군요. 음, 승려가 될 인재들이라……. 낭도가 된다면 신라에 큰 힘이 될 것 같소. 탐나는 젊은이들이오."

"산중에서 불법을 배우고 수련만 한 젊은이들입니다. 여러 스님들과 의논하여 본인이 원하면 낭도의 길을 열어주겠습니다."

"꼭 그렇게 해주시오. 스님이 곧 자추사를 떠난다 하여 서운하였는데, 좋은 인재들을 남기고 가신다면 감사할 따름이오."

"젊은이들이 검무 실력 또한 뛰어나다고 합니다. 허락하신다면 오늘 밤 연회에 참석하여 검술시범과 검무를 선보이는 것이 어떠하겠습니까?"

"좋소이다. 실력을 한 번 더 선보여주시오."

왕은 크게 고개를 끄덕였다.

요는 월궁에서 벗어나 명산대천을 찾아 수련을 하고, 산중 절에 파묻혀 수양만 하며 살고 싶다고 했다. 또 불심으로는 이룰 수 없는 중요한 일이 있다고도 했다. 가배가 끝난 후 새 주지스님이 오면 요는 자추사를 떠나기로 했다. 왕은 두 원화에게 명하여 젊은이들이 낭도생활을 경험할 수 있도록 배려해서 살피도록 하였다.

길쌈대회가 끝이 나고, 환도 행사가 시작될 차례였다. 화려한 원화복을 차려입고 궁을 나서려는 준정을 요가 찾아왔다.

"준정아. 네가 원화복을 입은 모습을 보는 것이 마지막이겠구나."

요가 준정을 애틋한 눈길로 보았다. 준정 역시 자신을 바라보는 요의 심정이 짐작할 수 있었다. 오랜 시간을 함께해온 스승이자 어머니였던 요였다.

"나는 오늘 밤 월궁을 나갈 것이다."

"예? 새 주지스님이 오신 후에 가신다고 하지 않으셨습니까? 오늘은 안 됩니다!"

놀란 준정이 요의 손을 붙들었다. 가배가 끝난 후 요가 월궁을 떠나기 전까지 준정은 며칠만이라도 스승에게 예와 정성을 다할 것이라 마음먹고 있었다.

"아니다. 모든 일엔 때가 있는 법, 오늘로 내가 월궁에서 할 일은 끝난다. 오늘이 지나면 여기 있을 수도 없다. 연회에서 검무를 선보인 다음 조용히 궁을 나갈 것이다."

그 시간이면 준정도 환도 행사가 막바지에 이를 것이었다.

"떠나기 전에 네게 할 말이 있구나. 검무 시범을 보인 후 궁을 나가 너의 사가로 가겠다. 환도 행사가 끝난 후 사가에서 보자."

"스승님."

생각보다 일찍 다가온 이별에 준정은 가슴이 뭉클했다.

"남모 공주도 함께 와, 내가 폐하께 못 다한 말씀을 전해주었으면 한다."

"예, 알겠습니다. 남모 원화와 함께 사가에서 뵙겠습니다."

두 원화가 앞장서서 낭도들을 이끌고 서라벌의 거리로 나섰다. 귀족 아가씨들은 하녀들을 거느리고 길 양옆에 늘어섰다. 낭도들은 꽃을 한 송이씩 들고 지나다가 마음에 드는 처자에게 꽃을 바쳤다. 낭도들의 설렘과 은은한 꽃향기가 섞여 축제의 막바지가 무르익어 갔다.

초저녁이 되자 대부분의 낭도들이 귀족들의 집안에 초대되어 들어갔다. 아직 어린 동도나 사가가 멀리 있는 낭도들은 오랜만에 가족들을 만나기도 했다. 왕궁에서 백성들에게 먹을 것을 나눠주었고 귀족 동네에서는 술과 음식이 넘쳐났다.

"남모 원화께서는 저의 사가에 함께 가지 않으시겠습니까?"

준정이 남모에게 권했다. 남모는 주위를 두리번거리며 무언가를 찾는 눈치였다.

"실은 요 스님께서 오늘로 월궁을 떠난다고 하셨습니다. 저와 남모 원화님께 마지막 인사를 하고자 하셨습니다."

그 말에 남모도 놀라며 요와의 이별을 서운해했다. 준정과 남모는 연화향도로 향했다. 낭두들에겐 가까운 곳에 있으라 하고, 유수만이 남모의 뒤를 따랐다.

어둑어둑해질 무렵 준정과 남모는 연화향도로 들어섰다.

"아가씨! 아니, 준정 원화님! 남모 원화님!"

잠개가 달려 나오더니 땅에 엎드려 절을 하였다. 달래와 유모가 쫓아와 준정의 손을 잡고 눈물을 글썽거렸다.

"유모, 몸이 아프다더니 이젠 괜찮나요?"

"예, 아프다고 약까지 지어 보내주시고. 원화님 덕분에 다 나았지요."

준정은 남모와 함께 집 안을 둘러보았다. 사랑에 가득히 꽂힌 불경 책을 보니 향도에 모이는 신자들이 제법 많은 모양이었다. 안채 마당 구석에 돌부처가 서 있고 깎다 만 돌들이 한곳에 모여 있었다.

"이 돌들은 무엇이냐?"

잠개가 머리를 긁적이며 말했다.

"제가 요즘 석공 일을 배우고 있습니다. 모든 게 원화님 덕분입죠. 저를 받아주시고 사람대접 해주셔서, 감히 제 손으로 부처님 새기는 일을 배우고 있습지요."

"그래, 할 만하느냐?"

"예, 돌에 부처님의 마음을 불어 넣는다고 생각하면, 마음이 그리 편안해질 수 없습니다."

사랑채로 들자 달래가 차를 내왔다.

"그런데 원화님을 아는 여스님께서 두어 번 들르셨어요."

요가 간혹 출타하며 연화향도에서 들린다고 말을 했었다.

"여기서 손님을 만나기로 하셨단 말을 들었다. 오늘 요 스님께서 이리 오실 것이다."

"다른 젊은 스님을 만나셨는데. 스님 복장은 하고 있었지만 머리를 깎지 않으셨던데, 그 여스님을 아주 깍듯하게 대하셨어요."

"머리를 깎지 않은 스님이라?"

"머리는 안 깎았는데 스님 복장을 하고 있는데다, 그 여스님께 얼마나 굽신거리는지, 유난히 기억에 남아서요."

준정이 고개를 갸웃했다. 달래는 뭐가 생각난 듯이 말을 하려다가 남모의 눈치를 살폈다. 남모가 슬쩍 웃어 보이자 달래가 말을 했다.

"일부러 들으려고 한 건 아닌데, 차를 놓고 가다가 들었어요. 그 젊은 스님을 천관, 이라고 부르셨어요."

준정과 남모는 동시에 찻잔을 내려놓았다. 천관이라니! 준정과 남모의 눈빛이 불안하게 부딪쳤다.

"정녕, 천관이라 하였어? 네가 잘못 들은 게 아니냐?"

준정의 반응에 달래가 당황했지만 분명 천관이라고 하였다.

천관은 이사부를 따라 동해로 간 얼마 뒤, 낭떠러지에서 떨어져 그 흔적을 찾을 수 없었다. 시신을 찾진 못했지만 지형이 험하고 파도가 거센 곳이라 죽었을 거라 결론지었다.

"천관일 리가 있습니까? 천관이 살아 있을 리도 없지만, 요 스님을 만나다니요?"

남모가 믿지 못하겠다는 듯이 고개를 갸웃거렸다. 그러나 준정은 달래가 잘못 들은 게 아닐 수도 있다는 생각이 들었다.

"그러고 보니 요 스님이 얼마 전 천관 이야기를 몇 번 하셨어요."

뭔가 불안하고 비밀스러운 일이 있는 것 같았다.

"뭔가, 이상합니다. 요 스님이 준정 원화께 다른 말씀은 없었나요? 천관을 만난 게 확실하다면, 만약 천관이 그때 옥을 탈출하고 동해에서 살아남은 것과 요 스님이 관련이 있다면!"

"요 스님은 오늘 월궁에서 할 일이 끝난다고 했습니다. 오늘

이 지나면 월궁에 있을 수도 없다고 하셨어요."

"월궁에서는 지금…… 연회가 벌어지고 있을 겁니다."

"낭도들은 환도 행사로 흩어져 있고, 왕궁병사도 절반은 궁 밖으로 나왔습니다. 궁에는…… 요 스님과 무술 솜씨를 자랑하던 스님들!"

준정은 벌떡 일어났다.

"무슨 일이 벌어질지도 모르겠습니다. 속히 궁으로 가야 합니다."

셋은 달려 나와 말에 올랐다.

"지소 공주님과 이사부께선 궁에 계신가요?"

"이사부 어른은 사가에 초대되어 궁에서 나오신 것으로 압니다."

"병부의 수장까지 안 계시니 궁이 텅 비었습니다. 유수는 모든 낭두들을 모아 궁으로 오세요."

"궁에서는 지금쯤 귀족들의 연회가 무르익었을 것입니다. 연회에서 그들이 검술 시범과 검무를 선보인다 했습니다. 폐하께서도 연회에 참석하셨을 것이고요."

귀족가옥이 늘어선 길에서, 한때 이찬을 지낸 진골의 집 앞을 지날 때였다. 한 스님이 나타나 남모에게 합장을 했다. 남모가 다급히 말을 세웠다.

"남모 원화님을 뵙습니다."

남모는 앞서 달려가는 준정과 스님을 번갈아 보았다.

"나중에 들르겠습니다."

한 마디를 던지고 남모는 다시 말을 달렸다. 돌아다보니 스님은 그 자리에 그대로 서 있었다.

"설마, 무슨 일을 벌이려는 것은 아니겠지요?"

남모가 불안한 음성으로 말했다. 준정은 문득 요가 했던 말이 선명하게 떠올랐다.

신분이란 걸 누가 만들었느냐? 이 나라의 왕이 만들지 않았느냐?

달리는 말 위에서 남모와 준정의 눈빛이 불안하게 맞부딪혔다.

밤바람에 살기가 돌았다. 바람은 월궁 쪽에서 불어왔다. 가배의 마지막 밤이라 흥성거리는 서라벌, 저 멀리 보이는 월궁의 불빛은 오히려 얌전해 보였다.

그 시간, 선화당의 위화랑이 앉는 상석에 요가 앉았다.

"그동안 어려운 여건 속에서 자신과의 싸움을 이겨내고 오늘 이 자리에 모인 동지들! 이제 거사의 시간이 되었소. 우리는 수십 년 동안 차별이 없는 세상을 꿈꾸며 평등한 나라를 만들기 위해 노력해왔소. 우리 반파국은 작은 나라지만 백제와 협력하고 왜와 교류하며 그 기반을 다져왔소. 허나 신라가 금관가야를 합병하면서, 주변의 소국들과 가야를 모두 삼킬 야심에 가득 차 있소."

요의 목소리는 은밀했지만 강한 신념이 실려 날카로웠다.

“이미 몇몇 동지를 잃었소. 지금 신라를 막지 않으면 우리의 기반인 가야국들은 모두 사라지게 되오. 우리의 첫 번째 목표는 신라의 왕이오. 두 번째, 낭도 조직을 와해시켜야 하오. 그러기 위해서는 구심점인 원화를 먼저 없애야 하오. 이번 거사를 통해 그 두 가지를 이루어야 앞으로 신라를 허물어뜨릴 수 있소.”

좌우에는 머리를 짧게 자른 무사들이 검은 옷을 입고 서 있었다. 승복을 입고 무술 시범을 보였던 바로 그들이었다.

“침착하고 고요하게, 바람이 스며들듯 물이 흐르듯 움직여야 하오. 오늘 성공하든 실패하든, 그다음은 원화요.”

연회는 한참 취흥이 달아올라 있었다. 이벌찬과 이찬을 비롯한 왕족과 귀족들이 모여 술자리를 즐기느라 호탕한 웃음소리가 들려왔다. 왕은 연회장에 있었다.

“자, 검술 시범과 검무를 보기로 하였지 않소? 한 번 멋지게 선을 보이라 하시오.”

검은 옷을 입은 무사들이 연회장으로 들어섰다. 양쪽으로 나누어 앉은 귀족들이 무사들을 보고 박수를 쳤다. 왕은 상석에 앉아 있었다. 무사들은 절도 있는 무술 시범을 보였다. 귀족들은 감탄을 쏟아내며 연신 박수를 쳤다.

준정와 남모도 낭두들을 이끌고 남당 앞에 다다랐다. 미진부가 병부의 군사들을 이끌고 호위하고 있었다.

“연회장은 어떠합니까?”

"젊은 스님들이 무술 시범을 보이고 있습니다."

"병부의 장수들을 연회장 앞에 다 모아주세요. 만일의 사태에 대비해야 합니다."

준정은 연회장 문을 열고 조용히 들어섰다. 검은 옷을 입은 젊은 스님들이 검무를 추고 있었다. 요와 천관으로 보이는 사람은 없었다. 이벌찬이 남모와 준정을 보고 말했다.

"원화들께서 오시는구먼! 같이 앉아서 편히 즐기시지요."

낭도들이 한 줄로 연회장 안으로 들어와 귀족들 뒤편에 섰다. 요고 소리에 맞춰 검무의 동작이 빨라졌다. 스무 명 남짓한 그들은 절도 있게 검을 안으로 휘두르다 한 순간, 갑자기 등을 돌려 칼끝을 귀족들에게 향했다.

"무슨 짓인가!"

남모와 준정의 눈이 부딪혔다. 둘이 동시에 검을 뽑자 그것을 신호로 낭두들도 모두 검을 뽑아들었다. 귀족들은 혼비백산해서 구석으로 도망을 쳤다.

"저, 저들이 우리를 속였소!"

귀족들 중 누군가가 겁에 질린 소리로 말했다.

"웬 놈들이냐!"

호통을 치는 준정 앞으로 한 명이 달려들며 검을 휘둘렀다. 낭두들이 칼을 뽑아 그들과 맞섰다.

칼이 부딪히는 소리가 연회장을 차갑게 울렸다. 단련된 낭두들이지만 검은 옷을 입은 자들의 실력도 탁월했다. 미진부가 병부의 장수들을 이끌고 연회장으로 들어와 합세했다. 준정은 검을 휘두르다, 살기 띤 검들이 난무하는 연회장으로 뒤늦게 복면을 하고 달려 들어온 이들을 보았다. 검은 옷을 입을 그들은 구석에서 떨고 있는 귀족들에게 칼을 휘둘러 보이더니, 귀족들을 두고 상석을 향해 돌아섰다. 그리곤 거침없이 왕을 향해 달려갔다. 왕 앞에는 미진부와 장수들이 왕을 에워싼 채 공격을 막아내고 있었다.

"폐하를 보호하시오!"

준정이 소리쳤다. 복면한 자 하나가 날랜 몸으로 왕 앞에 다가서며 거침없이 장수들을 베었다. 병부의 장수 두 명이 피를 쏟으며 쓰러졌다. 작은 체구였지만 검을 휘두르는 힘은 감당하기 힘들 정도였다. 준정이 달려갔다. 미진부가 그의 칼을 막으려 했으나, 그의 칼이 먼저 왕의 목을 겨누었다. 그때까지 왕은 상좌에 앉아 고개를 숙인 채였다. 준정이 달려가 그에게 검을 겨누었지만 왕의 목숨이 위태로워 멈칫했다.

복면을 한 자가 검으로 왕의 고개를 받쳐 들었다. 새파랗게 질려 고개를 든 사람은 비대공이었다. 복면한 자가 놀라는 순간 미진부와 준정이 그를 공격했다. 그러나 그는 곧 미진부를 공격했고 준정은 비대공을 보호했다. 복면한 자가 고개를 돌리며 누군가를 찾는 것 같았다. 왕을 찾는 것이었다. 준정은 재빨리 연회장을 훑어보았다. 남모와 왕이 보이지 않았다. 복면을 한 자가 외쳤다.

"나가서 왕을 찾아라!"

요의 목소리와 닮았다. 머리털이 쭈뼛 섰다. 충격에 잠시 몸을 움직이지 못하는 사이, 그의 검이 준정의 목을 아슬아슬하게 스쳤다. 준정은 몸을 돌려 검을 휘둘렀다. 그는 곧 몸을 날려 연회장 밖으로 나갔다.

"저들을 쫓아라!"

준정이 황급히 소리쳤다. 뒤에서 미진부를 치려는 적을 찌른 후, 미진부에게 말했다.

"일부는 저들을 쫓게 하고 낭두들을 이끌고 남모 원화의 처소로 가세요!"

다행히 남모가 일찌감치 왕을 모시고 연회장을 빠져나간 것이었다. 비대공은 사색이 되어서도 차분하게 왕의 옷을 벗고 검을 들었다.

준정은 당황한 귀족들을 두고 연회장 밖으로 나왔다. 낭두들과 함께 남모의 처소를 향해 달렸다. 적의 칼끝이 자신의 목을 스치던 서늘한 느낌이 가시지 않았다.

남모의 처소 앞에서 남모와 유수가 복면을 한 이들과 맞붙어 있었다. 보초를 서던 왕궁 병사 몇 명이 칼에 맞아 쓰러져 있었다. 준정은 왕의 안전을 먼저 확인한 뒤, 검을 휘둘렀다. 복면을 한 자들은 검의 힘이 강하고 저돌적이었다. 저들 중 요가 있을지도 몰랐다.

복면한 자들이 몇 명 더 달려왔다. 저들의 수가 더 많았다.

남모와 준정은 등을 마주 대고 서서 적의 칼을 막았다. 남모의 칼에 적이 피를 뿌리며 쓰러졌다. 그 자리에 다른 복면을 한 자가 나는 듯이 달려들었다. 왜소한 체구의 그의 검을 준정은 알아보았다.

그가 남모를 밀어버린 후 왕을 향해 몸을 날렸다.

"폐하를 보전하시오!"

소리치며 준정은 복면한 자의 등을 그었다. 옷이 찢어졌다. 피를 흘리면서도 그는 오로지 왕만 공격했다. 유수가 왕의 앞을 막아섰지만 복면한 자의 칼이 먼저 왕의 목을 겨누었다. 동시에 준정의 검이 그의 가슴을 겨누었다. 다음 순간 남모도 그의 목을 겨누었다.

"칼을 버려라."

서늘한 그의 목소리. 준정은 잠시 손이 떨렸다. 그가 왕을 찌를 수는 있었으나 동시에 그도 죽은 목숨이었다.

"무엇 때문에 나를 노리는 것인가!"

목숨이 위태로운 속에서도 왕의 목소리는 준엄했다.

"위험합니다. 피하십시오."

뒤편에서 복면의 사내들이 다급하게 소리쳤다. 왕궁 군사들이 달려오는 소리가 들렸다. 왕의 목을 겨눈 그의 숨결이 거칠어지는 것을 느낀 순간, 준정이 왕을 뒤로 떠밀며 왕 위로 몸을 날렸다. 왕을 겨눈 칼날이 준정의 왼쪽 어깨를 스쳤다. 그가 다시 왕에게 칼을 겨누는 순간 남모의 검이 그의 팔을 스쳤다. 피가 흐르는 손을 뒤로 빼더니 그는 몸을 돌려 달아났다.

"준정 원화, 괜찮으세요?"

준정은 왼쪽 어깨에서 피를 흘렸지만 도망가는 이들을 뒤쫓았다.

"놓치지 마라."

그러나 복면한 자들은 왕궁 군사들과 검을 겨루다 몸을 날려 담을 뛰어 넘었다.

"준정 원화, 피가 많이 흐릅니다."

남모가 옷을 찢어 상처를 묶어주었다.

"깊이 베이진 않았습니다. 폐하는 괜찮으십니까?"

"준정, 그대가 내 목숨을 구했네."

왕이 다가와 준정의 상처를 걱정스럽게 바라보았다.

"제 할 도리입니다."

도망치는 그들의 뒤쫓았던 낭두들이 달려왔다.

"담을 뛰어 넘고는 사라졌습니다. 송구합니다."

"아니네. 수고했네. 다친 낭도들이 없는지 살펴보게."

그리고 준정은 낭두들을 이끌고 선화당과 자추사를 뒤졌다. 요의 법당에는 요가 입던 승복이 가지런히 개어져 있을 뿐이었다.

요는 환도 행사가 끝난 후, 남모와 함께 준정의 사가에서 만나자고 했다. 원화들을 연화향도에 묶어두려는 계산이었을까. 설마 원화에게도 해를 가할 심산은 아니었겠지? 준정은 몸을 떨었다.

"요 스님을 찾아보게."

낭두들이 나간 후, 준정의 온몸에 뼈를 찌르는 듯한 전율이 지나갔다. 준정은 무릎이 풀려 힘없이 주저앉고 말았다. 가혹한 아픔이 온몸을 관통하고 지나갔다. 준정은 고개를 숙이고 어깨를 들썩이며 눈물을 쏟았다. 터져 나오는 울분을 참으려고 손으로 입을 틀어막고 한참 동안 몸으로 흐느꼈다.

유수의 죽음

새벽이 다가오도록 별빛이 스러지지 않았다. 간밤의 잔혹한 비밀을 감추고 월궁에선 소리 없이 잎이 지고 있었다. 왕과 비대공은 미진부가 내궁에 안전히 모시고 낭두들은 보초를 서며 밤을 새웠다.

연회에 참석했던 귀족들은 왕이 무사함을 확인하고 월궁을 나섰다. 남모도 변복을 하고 궁을 나갔다. 월궁으로 말을 달려오다 이찬을 지낸 진골의 집 앞에서 본 스님, 그는 백아가 보낸 사람이 분명했다. 가베의 마지막 날 환도 행사가 끝난 후, 스님을 따라오라고 했었다.

진골의 집 앞에 스님이 말을 탄 채 서 있었다. 남모가 다가가자 스님이 합장을 하며 말했다.

"저를 따르시지요."

남모는 스님을 따라 말을 달렸다. 귀족들의 동네를 빠져나와 남천이 내려다보이는 정자에 올랐다. 백아가 사신으로 왔을 때 남모와 함께 왔던 정자였다.

"공주님!"

어둠 속에서 백아가 나타났다.

"백아공!"

원망이 서린 남모의 얼굴에 눈물이 고였다. 남모는 백아의 품에 안겨 흐느꼈다.

월궁에 무슨 일이 있었는지 아시나요? 폐하를 시해하려는 자들이 있었어요. 그 일을 겪고도 나는 지금 당신을 만나러 이렇게 나왔어요.

남모는 불안한 월궁을 두고 백아와의 약속을 지키기 위해 달려 나온 자신이 참을 수가 없었다. 그녀는 울음을 삼키며 한참을 흐느꼈다. 백아는 그런 남모의 등을 토닥거렸다.

"알고 있소. 월궁에 일이 있었다는 것을. 고맙소."

"그들이 폐하를 노렸어요. 내 목에 칼을 들이댔어요. 난, 어찌해야 될지 모르겠어요."

"짐작이 가는 무리가 있소. 그들은 쉽게 포기하지 않소. 반드시 다시 노릴 것이오."

남모가 얼굴을 들어 백아를 보았다.

"누구의 짓인가요? 어떤 무리란 말인가요?"

"그 사람들을 알지는 못하나, 가야 소국의 재건을 꿈꾸는 자들일 것이오. 왜관에서 그들에 대한 이야기를 몇 번 들은 바가 있소."

"가야 소국들을 합병하는 신라에 반감을 품고 이런 짓을 벌인다는 건가요?"

"그럴 가능성이 크오."

백아가 남모의 얼굴을 감싸고 두 눈을 들여다보았다.

"남모, 당신이 신라의 공주로, 낭도들의 원화로 얼마나 자랑스러운지 아오. 나로 인해 얼마나 고뇌가 컸을지도 잘 아오. 허나, 남모. 당신은 지금 나를 만나러 달려오지 않았소? 당신도 나와 같은 마음인 것을!"

남모는 아무 말도 못하고 백아의 얼굴을 쳐다볼 뿐이었다.

"나는 당신과 함께라면 모든 것을 버릴 수 있소. 이미 당신을 만나기 위해 많은 것을 버렸소. 당신에게 나는 강요할 자격은 없소. 허나, 당신이 내 마음과 같다면, 나와 함께 왜로 가지 않겠소? 백제도 신라도 아닌 곳으로."

"신라를 떠나자고요?"

"오늘 월성을 공격한 저들은 포기하지 않을 거요. 반드시 또 당신을 노릴 거요. 차라리 나와 함께……."

순간, 그들을 가려주던 나뭇가지가 잘려나갔다. 서글픈 달빛 한 줄기가 그들을 향해 내리꽂혔다. 싸늘한 칼날이 달을 향해 꼿꼿하게 서 있었다. 유수였다.

유수가 남모를 뒤따라온 것이었다. 유수의 칼에 잘려나간 나뭇가지가 바람에 나뒹굴었다.

"백아공! 오랜만이군."

유수가 칼로 백아를 겨누었다. 유수의 눈은 남모를 응시하고 있었다.

“공주님! 저는 죽을 때까지 공주님을 지키는 것이 제 운명이라 여겼습니다. 공주님이 그 어떤 사내와 함께 있더라도 그 곁을 지키고자 했습니다. 그러나 오늘 백아공을 죽이지 않으면 공주님을 지킬 수 없습니다.”

백아가 남모를 한쪽으로 밀어내고 칼을 빼들었다.

“유수 랑의 임무가 무엇인지 알지만, 남모 공주와 나를 조용히 보내주게.”

그 말이 끝나기도 전에 유수가 칼을 휘둘렀다. 백아가 피하자 나뭇가지가 잘려나갔다. 백아와 유수의 칼이 거세게 부딪혔다.

“유수 랑, 그대를 죽이고 싶지 않네.”

백아의 말에 유수는 힘껏 칼을 내리쳤다.

“너는 신라에 칼을 겨눈 놈이다. 금관군에서, 백아 널 죽였어야 했어. 그게 공주님을 위하는 것이었는데!”

칼날이 맞부딪혔다.

“유수 랑, 그만하세요.”

남모가 두 팔을 벌리고 백아 앞을 가로막았다. 유수의 팔이 부르르 떨리는가 싶더니, 남모를 바라보는 그의 얼굴이 일그러졌다.

“공주님, 비키세요.”

유수가 두 손으로 칼을 다잡았다.

"이건 내 일이에요. 내가 하겠어요."

유수의 검은 눈썹이 부르르 떨렸다.

"공주님을 보호하는 게 제가 할 일입니다."

유수의 칼이 깊이 들어갔다. 백아가 남모를 옆으로 밀치고 유수의 칼을 받았다. 유수의 칼은 과격했다. 온몸에 원한을 실어 단칼에 끝장내려는 듯이 공격했다. 칼이 칼을 자를 것처럼 무서운 소리를 내며 부딪쳤다.

"뭐라 해도 네놈은, 공주님을 이용해 신라를 함정에 빠뜨리려고 했다!"

유수가 백아를 향해 다시 칼을 휘둘렀다. 뒷걸음질 치며 방어만 하던 백아가 유수의 힘이 기우는 반대 방향을 찔렀다. 다급한 유수의 칼이 백아의 칼에 빗겨 맞아 칼을 놓칠 뻔했다. 휘청거리는 유수의 목에 백아의 칼이 닿았다. 그러자 남모가 칼을 뽑아 백아를 겨누었다.

"칼을 거두세요, 백아공. 유수 랑을 해할 수는 없어요."

남모의 목소리가 떨리고 있었다.

"유수 랑을 물러가라 명하십시오."

백아가 유수를 쏘아보며 말했다. 남모가 유수를 바라보고 애틋한 음성으로 말했다.

"유수 랑, 제발 칼을 거두고 물러가세요."

그러나 유수의 표정은 단호했다.

"그럴 순 없습니다."

그때였다. 유수의 눈에, 저자로 향하는 길목 쪽에서 검은 그림자가 일렁이는 것이 보였다. 바람을 차갑게 가르고 날아오는 재빠른 숨소리. 유수가 재빨리 남모의 앞으로 나섰다.

"공주님, 피하세요!"

"챙!"

남모를 향해 오던 화살이 유수의 칼에 부딪혀 날카롭게 울었다. 모두 놀라 고개를 돌렸다. 다음 순간, 다시 화살이 날아왔다. 유수가 두 팔을 벌리며 남모 앞을 막아섰다.

"피하시오!"

백아가 소리쳤지만 이미 화살은 유수의 가슴을 꿰뚫었다. 길가에 섰던 검은 그림자가 남천 쪽으로 뛰어내렸다. 백아가 칼을 들고 검은 그림자를 뒤쫓았다.

"유수 랑!"

남모가 외마디 비명을 질렀다. 유수가 가슴을 부여잡고 쓰러졌다.

"게 누구 없느냐? 아무도 없느냐!"

남모가 울부짖었다. 무릎을 꿇고 앉아 유수를 어깨를 받혔다. 유수 랑의 등을 허벅지로 받치고 손으로 가슴에서 솟구치는 피를 막으려 애를 썼다.

"잠시만 참으시오! 조금만 견디시오! 누구 없느냐! 유수 랑이 쓰러졌다!"

남모가 다급하게 고함을 질렀다. 유수가 남모의 팔을 잡았다.

"공주님……."

남모가 떨리는 손으로 유수의 얼굴을 쓰다듬었다.

"내가 잘못했어요, 내가 잘못했어요. 괜찮아요, 살 수 있어요."

유수가 몸을 부르르 떨며 손을 들어 올렸다. 남모의 얼굴에 손이 닿는 순간 유수는 아무렇지도 않은 표정을 보이려고 애를 썼다.

"처음 뵈었을 때부터, 공주님이 절 보지 않으셔도 공주님만 사모할 수 있었어요."

남모는 자신의 얼굴에 닿은 유수의 손을 꼭 쥐었다.

"유수 랑 마음 알아요. 내 옆에 있어야 해요. 죽으면 안 돼!"

유수의 가슴에서 피가 넘쳤다.

"이렇게 되어서야 공주님 품에……."

"유수 랑, 조금만 참아요."

"공주님 곁에서 영원히 있고 싶었는데……."

"유수!"

"공주님을, 끝까지, 끝까지 지켜야 하는데……."

사람들이 달려오는 소리가 들렸다. 남모가 유수의 얼굴을 두 손으로 감쌌다. 유수가 남모의 마음을 다 안다는 듯 두 눈을 천천히 감았다가 떴다. 유수는 떨리는 손으로 품속에서 무언가를 꺼냈다. 남모의 금팔찌였다. 남모에게 그 팔찌를 꼭 쥐어주고 남모를 보며 웃음을 보이려고 애를 쓰는 순간, 유수의 눈에서 빛이 사라졌다.

"유수 랑!"

남모가 유수를 흔들었지만 남모를 바라보는 유수의 눈동자는 더 이상 움직이지 않았다.

군사들이 남천에서 칼에 맞고 죽은 사내 둘의 시신을 찾았다. 검은 옷에 복면을 쓴, 월궁을 침입한 그들이었다. 그들이 가진 화살이 유수를 맞힌 화살과 같았다. 자신을 노린 자들이 백아의 칼에 맞은 것이라 남모는 짐작했다.

왕이 바뀌다

요는 사라졌다.

준정은 자신의 목에 칼을 겨누었던 자가 요라고 말하지 않았다. 그러나 모두들 요가 월궁을 침범한 이들과 한통속이었을 거라고 추측했다.

"감히 폐하를 시해하려고 한 놈들에게 무술 시범을 보이게 하다니! 요가 그것을 몰랐을 리 없습니다. 오히려 요가 이것을 주도했을지도 모르오."

"준정 원화는 이것을 전혀 몰랐습니까?"

남당에서 지소가 준정을 몰아붙였다.

"어허! 준정과 남모가 나의 목숨을 지키고 이 월궁을 보전하게 하였다. 감히 그 책임을 물으려 하느냐?"

왕이 언성을 높였다. 위화랑이 고개를 끄덕였다.

"요가 그들과 얼마나 관련이 되었는지는 확실하지 않습니다. 설사 그들과 처음부터 결탁했다고 해도 원화가 전혀 눈치채지 못하게 했을 게 분명합니다."

"그렇다. 이번에 두 원화와 함께 월궁을 지키는 데 목숨을 건 낭두들에게 상을 내리고, 그 배후를 철저히 조사하라. 요를 먼저 잡아야 할 것이다. 또한 요가 그들과 한통속이라면, 그 잔당이 있을지 모르니 더욱 유념하도록 하라."

왕의 명에 모두 고개를 숙였다. 왕이 회의를 마치며 한마디 덧붙였다.

"다들 이번 일을 겪으면서 왕권의 안전이 얼마나 중요한지 알았을 것이오. 하여 태자 자리를 더 이상 비워 놓을 수 없어 이번 화백회의에서 태자를 정할 것이니 그리 아시오."

모두 예를 갖추고 물러났으나 지소는 자리에 앉아 있었다.

"아버님께서 정한 태자는 누구입니까?"

왕은 지소의 반응을 이미 짐작한 듯 작정하고 말했다.

"비대공이 어린 줄만 알았으나, 이번에 그 불측한 무리들 앞에서 나의 옷을 입고 맞섰다. 비대공이 태자가 될 것이다."

"아무도 비대공을 인정하지 않을 것입니다. 병부의 수장인 이사부가 삼맥종을 추천하고, 옥진의 아비인 위화랑도 삼맥종이 태자가 되어야 한다고 했습니다. 왕족도 귀족도 아닌 비대공을 누가 태자로 인정하겠습니까?"

"귀족들은 비대공의 온후한 성정을 잘 알고 있느니라."

"온후하나 힘이 없지요. 아버님께서 그토록 애를 쓰신 왕권을 유지할 힘이 없습니다. 다시 생각해주십시오."

"나는 마음을 굳혔다."

"그럼, 아버님."

지소는 왕을 똑바로 보았다.

"화백회의에서, 제가 태자가 되겠다고 나서면 어찌 되겠습니까?"

"뭣이?"

왕은 분노하여 책상을 쳤다. 자신을 태자로 삼아달라고 말한 후, 두 번 다시 그 말을 하지 않은 지소였다. 그러나 뜻을 꺾은 것은 아니었다.

"귀족들이, 여자를 왕으로 추대할 것 같으냐? 어찌 그리 내 말을 못 알아듣는 것이냐?"

"여인이 왕이 될 거라고 하면 반대하겠지요. 허나, 제가 나서는 이상, 함부로 비대공을 인정하지 못할 것입니다. 이사부가 병권을 쥐고 있고, 원화와 위화랑이 제 편입니다. 저는 결코 비대공을 태자로 인정할 수 없습니다. 이사부와 위화랑과 제가 끝까지 반대하면 비대공이 태자가 될 수 있겠습니까?"

"네가 감히, 왕명을 거역하려는 것이냐? 더 이상의 분란은 공주라도 용서하지 않겠다."

지소는 고개를 떨어뜨렸다. 그리고 이내 울먹이는 음성으로 이를 악물고 말했다.

"제가 전면에 나서면 비대공도 위험합니다. 제가 꿈을 접겠으니, 삼맥종을 태자로 삼아주십시오."

왕의 얼굴이 파르르 떨리는 것을 보고 지소는 남당을 나왔다. 지소의 마음속에서는 불이 붙고 있었다. 남자로 태어나지 못한 자신의 운명이 원망스러웠다. 귀족들이 여인을 태자로 인정하는 것은 왕의 허락을 받는 것보다 더 어려울 것이다.

어젯밤 이사부가 말했다.

"만약 그대가 태자가 되려고 했다가 실패하면, 모든 이들이 그대에게서 등을 돌리고 비대공 쪽에선 강력하게 삼맥종을 견제할 것이오. 그러면 삼맥종에겐 기회가 없소. 삼맥종을 왕위에 앉혀야 하지 않겠소?"

지소는 이사부의 말이 서운하였지만, 이사부만이 완벽한 자기편이라는 걸 알았다.

"폐하께선 태자를 정한 뒤 곧 양위를 할 것이라 하셨소. 삼맥종은 아직 어리오. 삼맥종을 내세우고 그대가 왕이 되는 방법이 있소이다. 차선을 택하는 것이 현명한 판단이 될 때가 있소."

지소가 태자가 되는 것은 승산이 없으니, 삼맥종을 내세우는 것으로 왕을 설득해야 한다는 것이었다.

왕은 오랫동안 몸져누웠다. 이사부와 위화랑을 비롯한 귀족들이 왕의 병문안을 와 독대를 했다. 왕은 한 명 한 명의 의견을 묻고 있었다. 왕의 결정에 가장 큰 영향력을 미친 사람은 위화랑이었다. 위화랑은 옥진의 아비였다. 그래서 왕은 당연히 위화랑이 비대공을 밀어줄 줄 알았으나 위화랑은 삼맥종을 태자로 밀었다.

"삼맥종은 너무 어리지 않소? 나는 이미 늙어, 태자를 책봉한 후 곧 왕위도 내려놓을 작정이오."

"지소 공주가 있지 않습니까? 삼맥종이 왕위를 잇고 당분간은 지소가 태후로서 섭정을 할 수도 있습니다. 황송하오나 폐하께서 양위도 염두에 두고 계신다면, 그것이 가장 안전한 방법이 될 것입니다."

왕은 허망한 웃음을 지었다.

"지소가, 제가 왕이 될 수는 없으니 아들을 내세워 왕 노릇을 하기로 했단 말이군."

왕은 그 겨울 내내 몸이 완쾌되지 않았다. 지소는 노쇠한 아버지가 이제 모든 것을 내려놓을 것이라는 걸 알았다. 왕은 귀족회의에서 삼맥종을 태자로 책봉했다.

왕은 자주 흥륜사를 오가며 월궁을 나갈 준비를 했다. 용안의 수심이 걷히고 얼굴빛이 맑아졌다. 준정과 함께 흥륜사에 들러, 이차돈이 천경림의 나무를 베던 이야기도 나누었다. 그 천경림에 신라 최초의 절이 섰으니, 왕은 모든 것을 내려놓고 흥륜사로 오겠노라고 했다.

해가 바뀌었다. 얼었던 남천의 물이 시나브로 녹기 시작할 무렵, 왕은 삼맥종(훗날의 진흥왕)에게 왕위를 물려주었다. 그리고 법복을 입고 흥륜사로 들어갔다.

새 왕은 일곱 살이었다. 지소가 태후로서 섭정을 시작했다.

지소는 선왕이 그랬던 것처럼 변복을 하고 서라벌을 돌아보았다. 새 왕에 대한 백성들의 생각이 어떤지 확인하고 싶었다.

흥륜사에 들러 선왕을 뵙고 돌아오는 길이었다. 지소는 귀족 부인으로 변복을 하고 호위무사들까지 변복을 시켜 앞뒤로 멀찍이서 따르게 한 뒤 저잣거리를 둘러보았다. 추운 길거리 한 구석에서 아이들이 모여 있었다. 꺼지지 않은 장작불에 몸을 쬐며 아이들은 노래를 불렀다.

하늘의 별 하나 서라벌에 내려와
동편의 꽃이 되고 서편의 꽃이 되었네
하나로 피었던 꽃이 두 송이 되더니
서로 시샘하여 다투네
시샘이 칼이 되어 서로를 겨누다
한 꽃은 죽어 하늘의 별이 되네.

가사를 들은 지소는 등골이 서늘하였다. 아이들은 장작 앞에 튼 손을 부비며 재잘거리며 노래를 불렀다.

"저 아이들을 불러오너라."

호위무사가 아이들을 데려왔다. 겁에 질린 아이들에게 지소는 절에 공양하고 남은 떡을 나누어주며 물었다.

"얘들아, 그 노래 어디서 배웠느냐? 누가 가르쳐주었느냐?"

"저쪽 다리 밑에서 어떤 할머니가 가르쳐줬어요."

"요샌 그 할머니 안 나와요."

지소가 다시 물었다.

"재미있는 노래구나. 그런데 그 노래가 무슨 뜻인지 아니?"

아이들은 모른다고 고개를 젓고는 도망을 가버렸다.

원래 하나이던 것이 둘이 되더니 동편이 꽂이 되고 서편의 꽂이 되었다. 그것은 원화를 가리키는 것이었다. 누군가 악의를 품고 일부러 아이들에게 노래를 가르친 것일까.

수련을 마친 준정이 지소에게 불려왔다. 뭔가 마음에 불편한 부분을 찾아낸 것처럼 준정을 보는 지소의 눈길은 날카로웠다.

"비대공을 낭두로 임명하셨더군요. 내가 미진부공에게 비대공을 실직군의 장군으로 임명해 달라고 했건만, 원화께서 반대하셨다지요?"

준정이 천천히 고개를 들더니 간곡한 음성으로 말했다.

"태후께서도 비대공의 성정을 잘 아시지 않습니까? 연륜에 비해 너무 빠른 듯하였습니다."

"빠르다니요!"

지소의 목소리가 높아졌다.

"비대공을 월성에서 내보내야 합니다. 왕위에 오르지 못한 왕자는 자신을 부추기는 유혹에 넘어가기 쉬워요. 귀족들이 비대공을 핑계로 세력을 키우고자 하면 자칫 역모에 휘말릴 수도 있단 말입니다!"

지소는 화근의 싹이 될지도 모르는 비대공을 멀리 쫓아버리려고 생각하고 있었다.

"그리고, 준정 원화에 대한 소문이 노랫가락처럼 떠다니는 걸 알고 있나요? 지난번에 요가, 원화의 사가에 드나들었다고 하더군요."

"저도 환도 행사 때 사가에 들러서야 그 일을 알게 되었습니다. 저의 죄를 묻고 싶으시면 달게 받겠습니다."

준정의 당당함이 지소는 불편했다. 모든 신하가 비대공을 떠나는데 준정만은 비대공에 대한 신의를 지키고자 했다.

"게다가 백성들 사이에서 흉흉한 노래가 유행하고 있어요. 원래 하나였던 별이 동편과 서편으로 나뉘어져 서로 시샘을 하고 결국 둘 중 하나를 죽인다는 내용이지요. 동편과 서편의 두 원화를 말하는 것이 아닙니까? 둘이 시샘하다 결국 죽게 된다니!"

준정의 뺨이 가늘게 떨리는 것을 보고 지소는 마음에 먹은 말을 다 내뱉었다.

"위화랑도 풍월주 자리를 미진부공에게 넘길 준비를 하고 있어요. 준정도 이제 남모 원화에게 원화 자리를 양보하는 것이 어떻습니까?"

준정이 긴 숨을 내쉬며 머리를 조아렸다.

"이미 오래전에 원화에서 내려와야 했는데, 기회를 찾고 있었습니다. 허나, 조금만 기다려주십시오. 요 스님이 반드시 다시 나타날 것입니다. 그 일을 처리하고 물러나겠습니다."

요……. 지소는 깊은 숨을 내쉬고 마음을 가다듬었다. 요의 월궁 습격 사건을 떠올리면 두려워졌다. 요는 분명히 준정 앞에 나타날 것이다. 그때를 기다려 요를 잡아야 했다.

"그 말, 믿어도 되겠소? 요의 무리를 섬멸하고 원화에서 물러나겠다?"

"제 죄는 그 후에 달게 받겠습니다."

지소는 고개를 끄덕였다. 준정이 원화에서 물러나면 비대공의 유일한 바람막이도 사라질 것이다.

금오산 봉우리에 맺혔던 눈이 녹고 푸른 기운이 짙어지고 있었다. 월궁에서는 매화가 소리 없이 지고 새잎이 피어났다. 새 왕의 등극을 맞아 부처님의 은덕을 기원하기 위해 이차돈의 묘가 있는 소금산에 절을 새로 지었다. 절이 완공된 날, 지소는 고승들을 모시고 법회를 열었다. 설법을 마친 고승들이 배웅한 후였다.

지소 앞에 스님 두 사람이 나타났다.

"태후 마마, 은밀히 아뢸 말씀이 있사옵니다."

체구가 우람한 스님의 음성은 조용했지만 은근한 무게가 있었다. 사모들을 멀리 물리고 호위무사들도 몇 걸음 뒤에 서 있게 했다.

연못가로 나오자 나무 뒤에서 삿갓을 쓴 다른 스님이 나타났다. 호위무사들이 다급히 다가오려 했으나 지소가 손을 들어 만류했다.

"태후 마마, 감축 드립니다."

삿갓을 썼으나 지소는 그가 누군지 단박에 알았다. 숨을 멈추고 주먹을 꾹 쥐었다.

"기다리고 있었소."

요가 다시 고개를 깊이 숙이며 말했다.

"그간의 정리에 보답하지 못한 점 죄송합니다. 긴 말씀 드리지 않겠습니다. 태후께 아뢰면 서로 피를 보지 않고 타협할 수 있으리라 생각하고 감히 뵙고자 했습니다."

"흥! 역모를 일으킨 자의 입에서 정리 운운이라니. 과연 간특한 사람이군. 오늘 이 자리에서 살아 돌아갈 수 있을지 두고 봅시다. 그래, 나에게 간청하고자 하는 게 뭔지 말이나 해보오."

경멸하며 코웃음 치는 지소의 말에도 요의 목소리는 차분했다.

"폐하의 재위 시절에 더 이상 가야국들을 치지 않겠다 약조해주십시오. 우리는 가야 소국 중 한 나라에서 평화롭게 살고 있었습니다. 그런데 신라가 금관가야와 탁순국을 합병하여 우리의 미래가 불투명해졌습니다."

"선왕이신 법흥왕은 전쟁을 싫어하셨소. 금관국 역시 스스로 신라에 의지해 온 것이지."

요는 잠시 고개를 들어 지소를 보았다. 그리고는 흔들림 없는 목소리로 말을 이었다.

"낭도들을 교육하는 이유가 결국 주변의 작은 나라들을 합병하여 세력을 넓히고자 하는 것 아닙니까? 적어도 폐하의 재위시절에 가야국들을 합병하지 않으시면 가야 소국들은 신라에 대항하지 않고 조용히 살 것입니다."

지소는 고개 숙인 요를 노려보았다. 원하는 대답을 해주는 것은 어렵지 않았다. 역모를 일으킨 무리와 협상은 할 수 없었다.

"그리 하지. 가야국들을 상대로 전쟁을 일으키지 않겠소. 허나 그렇다고 해서 지난번의 사건을 용서한다는 뜻은 아니오."

용서할 수 없다는 지소의 말에 아랑곳하지 않고 요는 고개를 들고 말했다.

"그러하시다면, 준정을 제게 주십시오."

"뭣이?"

지소의 목소리가 높아졌다.

"준정의 어미는 반파국 사람이었습니다. 제 동무이자 동지였는데, 뜻을 바꾸어 신라로 왔지요. 어차피 태후께도 준정이 더 이상 필요없지요. 오히려 눈엣가시 아닙니까? 준정을 제게 주십시오."

이 무슨 해괴한 소리인가. 지소는 주먹을 쥔 손을 떨었다. 애초에 준정을 데려가기 위해 수련을 시켰단 말인가?

"준정이, 이 모든 것을 알고 있소?"

"모릅니다. 허나 제 어미 이야기를 한다면, 어미의 고향으로 따라가지 않겠습니까?"

준정은 지소와 함께 신라의 낭도들을 키운 주역이다. 준정에게 원화 자리를 내놓으라 했지만, 그렇다고 준정을 저들에게 보낼 순 없다. 준정이 만약 요의 무리와 합세한다면 그야말로 큰 위협이 될 수 있다.

"그럴 순 없소. 요 당신은 오늘 서라벌에서 살아나갈 수 없을 테니까! 여봐라!"

지소가 호위무사들을 불렀다. 순간, 요가 한 손을 들어 올리자 지소의 발 앞에 화살이 날아와 박혔다.

"죄송합니다. 태후 마마. 호위무사의 칼보다 저희의 화살이 더 빠를 것이옵니다."

궁 안이 아니라 위험했다. 절에서 내려가는 길가까지 군사들이 늘어서 있지만, 산에 숨어 화살을 쏘면 당할 가능성이 있었다. 지소는 낯을 부들부들 떨었다.

"감히 태후인 나를 겁박한단 말이냐? 요망한 것!"

"어찌 감히 태후 마마를 겁박하겠습니까? 제가 여기서 살아나가기 위함일 뿐입니다. 약조를 지키신다 믿고 이만 물러가겠습니다."

요는 허리를 숙여 인사하고 돌아서 걸었다. 덩치가 큰 스님 두 명의 호위를 받으며 요는 유유히 걸어갔다. 호위무사들이 달려가 잡으려고 했지만 지소가 만류했다. 화살이 어디서 날아올지 몰랐다.

지소는 월궁으로 돌아와 생각에 잠겼다. 처소로 찾아온 어린 왕의 저녁 문안도 받지 않았다. 사모들이 밥상을 차려 왔으나 돌려보내고 늦은 시간까지 꼿꼿이 앉아 있었다.

월궁이 고요 속에 잠긴 시간, 잠자리에 들었던 남모가 지소의 부름을 받고 달려왔다. 지소는 옷도 갈아입지 않은 채 의자에 앉아 있었다. 남모를 불러 놓고도 지소는 한참 말이 없었다. 이윽고 고개를 들고 남모를 바라보았다. 지소의 얼굴은 서늘하게 굳어 있었다.

"남모야."

"예? 예."

"내, 너에게, 명할 일이 있다."

남모는 지소의 표정과 어투가 심상치 않음을 알아챘다.

"남모야. 너는 이 나라의 공주이자 원화이며, 나의 동생이다. 너만이 할 수 있는 일이다."

"예, 태후께서 하명만 하십시오."

"오늘 요를 만났다."

남모가 크게 놀라 지소를 똑바로 쳐다보았다.

"요가 준정을 저에게 달라는구나. 준정의 어미가 요의 친구였다면서 말이다. 준정은 아직 아무것도 모른다. 하지만 요가 준정을 설득하겠지. 요는 준정을 데리고 자기 나라로 조용히 돌아가겠다고 한다."

남모의 커다란 눈에 두려움이 엄습해왔다. 요의 무리는 자신을 죽이려 했고 유수가 대신 활을 맞아 죽었다. 그들은 아직도 위험한 공격을 해 올 수 있었다. 그런데 요가 준정을 회유하려고 든다면…….

"그렇다 하더라도, 준정이 요를 따를 리가 없습니다."

"그야 모를 일이다. 요는 간특한 인물이라 무슨 방법을 쓸지 모른다. 그래서 그들을 모두 처단할 수 있는 방법은……. 남모야, 너만이 할 수 있다."

지소는 잠시 숨을 내쉬고 단호하게 말했다.

"준정을 죽이거라."

남모는 숨도 못 쉬고 지소를 쳐다보았다.

"월궁 내에서는 안 된다. 밖에서 네가 직접 죽여, 믿을 수 있는 절을 찾아 화장까지 하도록 해라."

재회

초봄, 꽃샘추위가 맹렬했다. 하늘은 마지막 눈을 품고 있는 듯 회색빛으로 무겁게 부풀어 있었다.

남모는 백아의 서찰을 받았다. 왜관에도 요의 무리에 대한 소문이 돌고 있다는 것이었다. 그들이 왕과 원화를 노릴 수 있으니 조심하라고 했다. 그리고, 왜로 갈 배를 구했노라고 했다. 언제 어디서 기다리겠다는 내용이 적혀 있었다. 남모가 선택을 해야 할 순간이 눈앞에 다가왔다.

남모는 곱게 화장을 하고 화려한 금관에다 목걸이와 팔찌로 치장한 후, 보과 부인의 처소를 찾았다. 어머니가 좋아하는 백제의 찻잔에 차를 따르며 남모는 만감이 교차했다.

"이제 곧 미진부가 풍월주가 되다니. 미진부는 이미 병부*의 실권을 쥐었으니 풍월주가 되면 가히 신라 최고의 남자가 되는

---

* 신라 때 군사에 관한 일을 맡아보던 관아. 법흥왕 3년에 두었다.

것 아니냐?"

좋아하는 어머니를 보고 남모는 붉은 비단 주머니를 내밀었다.

"어머니, 백제의 것입니다. 제가 선물 받은 것인데 어머니께 드리겠어요."

"백제의 것이라고?"

보과 부인은 들뜬 미소를 지으며 남모가 내미는 비단 주머니를 풀었다. 하얀 은팔찌가 나왔다. 보과 부인은 용이 뒤트는 모습의 팔찌를 살펴보았다.

"저도 같은 팔찌가 하나 있답니다."

"백제의 물품이라면 아직도 가슴이 설레는 나를, 그 누가 알기라도 할까."

어쩌면 오늘이 어머니를 마지막으로 뵙는 날일지도 모릅니다……. 남모는 눈이 뜨거워져 고개를 돌렸다.

"오후에 금오산엘 나간다고?"

"중요한 대회니 사전에 원화들이 확인을 해두려는 것이에요."

"들리는 말이, 준정은 곧 원화에서 물러나고 네가 원화의 위상을 더 높이게 될 거라고 하더구나."

보과 부인은 남모를 보고 자랑스러운 웃음을 보였다. 창밖에는 새떼들이 무심히 날아올랐다.

오후에 원화들은 월궁을 나섰다. 남모는 이랑과 비대공과 함께 사가의 귀족 옷으로 변복을 하고 말에 올랐다.

금오산에서 내려오자 해 질 녘이 되었다. 남천 옆을 지나오는데 어린아이들이 노래를 부르고 있었다.

> 하늘의 별 하나 서라벌에 내려와
> 동편의 꽃이 되고 서편의 꽃이 되었네
> 하나로 피었던 꽃이 두 송이 되더니
> 서로 시샘하여 다투네
> 시샘이 칼이 되어 서로를 겨누다
> 한 꽃은 죽어 하늘의 별이 되네.

준정이 그 노래를 듣고 얼굴이 하얗게 되어 남모를 보았다. 노랫말에 원화가 들어가지는 않지만, 원화를 빗대어 하는 말임이 분명했다. 남모 역시, 마음속에 숨어 있던 운명의 한쪽 얼굴이 들킨 듯 불안했다.

남천의 하류에 위치한 넓은 정자에 다다랐다. 정자 아래 모닥불이 피워져 있고 정자에는 화로가 준비되어 있었다.

"지소 태후께서 수련대회 전에 원화들의 노고를 치하하신다며 음식과 술을 내리셨습니다. 가볍게 들고 가시지요."

남모의 말에 준정이 당황한 기색을 보였다.

"아직 준비할 일이 남았는데 술이라니요! 풍월주께서도 안 계신데 괜찮겠습니까?"

"오늘은 사적인 자리 아닙니까? 괜찮습니다."

미리 준비하고 있던 월궁의 사모들이 음식을 차리기 시작했다. 준정과 남모가 마주 앉아 상을 받고, 이랑은 비대공과 함께 따로 상을 차려 주었다.

"오늘은 마음을 놓고 원화와 한잔 하고 싶습니다. 선왕께서 양위를 하신 후 태후 마마의 열성에 부응하느라 우리도 한숨 돌릴 틈이 없지 않았습니까? 오늘은 다 풀어버리고 싶습니다."

헛헛하면서도 메마른 남모의 목소리에 준정은 고개를 끄덕였다. 남모는 하늘에 붉은 얼룩이 되어 번져오는 노을을 하염없이 바라보았다. 호위 랑 자격으로 같이 온 이랑과 비대공은 수련대회에 대한 이야기를 나누었다. 랑이 된 후 처음 참여하는 수련대회라 비대공은 기대에 찬 표정이었다. 둘은 술은 입에 대지 않았다. 오히려 남모가 술을 몇 잔 마시고 취하는 기미가 보였다.

정자에서 일어날 무렵 기어이 눈이 내리기 시작했다. 봄눈이었다. 어두워지는 하늘에서 뽀얀 눈송이가 툭툭 터지고 있었다. 기억이 떠오르듯 땅이 금세 하얗게 살아났다.

연화향도가 보이자 남모가 말했다.

"술을 마셨더니 좀 어지럽습니다. 연화향도에 들러 쉬었다 가면 어떻습니까?"

준정은 웃으며 말했다.

"눈도 오고 하니 몸을 녹이고 하룻밤 묵고 가셔도 좋습니다."

이랑의 사가가 가까워 비대공은 이랑을 따라갔다.

오랜만에 연화향도에 들르니 유모가 눈가를 적시며 반겨주었다. 잠개와 달래가 서둘러 안채에 남모의 자리를 봐주고 화로를 넣어 방을 덥혔다. 남모를 쉬게 하고 준정은 사랑채에서 식구들과 이야기를 나누었다. 잠개가 여러 석공들과 함께 석탑을 만드는 일을 하고 있다며 유모가 자랑하듯 말했다.

눈이 어둠을 덮고 눈길 위로 더 까만 어둠이 장막을 펼쳤다. 때 이른 접동새가 문득 구슬프게 울었다.

"탁!"

무언가 날아와 꽂히는 소리였다. 준정이 칼을 잡고 문을 열었다. 기둥에 화살이 날아와 있었다. 화살을 뽑아 살펴보니 신라의 낭도들이 쓰는 화살촉이 아니었다.

"남모 원화!"

공주가 위험할 수 있다는 생각에 준정은 안채로 달려 들어갔다. 문을 연 채 굳어버렸다.

요가 서 있었다.

"준정아. 오랜만이구나."

더 이상 스승님이라 부를 수 없는 요였다. 준정은 안으로 들어서며 조용히 방문을 닫았다.

"오늘 여기서 보니, 정녕 네 어미를 빼닮았구나."

어머니! 준정은 칼을 쥔 손에 힘이 빠졌다.

"이제야 네 어미 이야기를 하게 되었구나."

요는 무언가를 떠올리듯 천천히 눈을 감았다 떴다.

"네 어미는 반파국 사람이었다. 나와 함께 이 모임을 이끌었던 사람이다. 신궁이었지. 우리는 노예들이 죄 없이 죽어가는 것을 보고 신분이 없는 세상을 만들기로 했다. 가야 소국에 자리를 잡고 평화롭게 살고자 했지. 그런데 우리에 동조하는 사람들이 점점 늘어날 무렵 네 어미의 마음이 변해버렸다."

신궁이었다던 어머니. 그분에 대한 짧은 몇 마디의 언급이 준정을 휘감았다. 아버지에게도 그 신분을 밝히지 않았다는 어머니였다.

"네 어미는 신라에 와서 삼산공을 만나 너를 낳았지. 내 동무의 마음을 가져간 남자가 어떤 사람일까 오랫동안 궁금했어. 삼산공이 돌아가셨을 때에야 이 집에 왔었지."

준정은 얼굴도 모르는 어머니의 인생이 느껴졌다. 그 운명이 측은했다.

"월궁에 들어가 너를 만났을 때, 난 내 동무를 다시 만난 듯했다. 얼굴뿐이 아니라 꼿꼿한 성품도, 활솜씨까지도 영락없는 네 어미였어."

듣고 있던 준정이 떨리는 음성으로 겨우 물었다.

"제 어머니는, 아버지께서 어머니를 처음 만났을 때, 어머니는 활을 맞아 쓰러져 있었다고 하셨습니다."

옛 동무를 떠올리며 아련한 표정을 짓던 요의 눈동자가 흔들렸다.

그때 갑자기 문이 열리고, 사람보다 검이 먼저 들어왔다. 준정이 칼을 집었으나 검이 요의 목을 정확하게 겨누고 있었다. 남모였다.

칼끝이 요의 목에 닿았다. 남모는 곁눈질로 힐끗 준정을 보며 싸늘하게 말했다.

"원화께선 역적을 베지 않고 뭐하시오?"

그러자 요가 남모를 비웃었다.

"공주, 태후의 명을 받지 않았소? 태후가 준정을 죽이라고 하지 않던가?"

남모가 입술을 깨물었다. 요가 준정을 보며 말했다.

"내가 태후에게 그랬지. 준정을 나에게 달라고. 네가 나를 따라 가기 전에 태후 입장에선 차라리 죽이라고 했겠지."

준정이 볼이 바르르 떨리며 요를 원망스럽게 쳐다보았다.

"저를 끝까지 능멸하려 하시는 겁니까."

"내가 너를 데려가겠다고 한 이상, 넌 신라에서 죽은 목숨이다. 나를 따라 가자, 준정아. 너에겐 네 어미의 피가 흐르고 있어. 넌 왕족을 위해 살 사람이 아니라 가난한 백성들을 위해 살아야 할 사람이야."

남모의 칼끝이 요의 목을 스치자 피가 흘렀다.

"준정 원화. 요와 같은 역적이 아니라면 요의 목을 베세요."

남모가 요를 노려본 채 말했다. 준정이 망설임 없이 검을 뽑아 요의 가슴을 겨누었다. 그러자 남모가 천천히 검을 거두었다.

"요를 베세요. 그리하면 준정 원화에 대한 의혹은 사라집니다. 지금 요를 베세요!"

남모의 목소리는 차가웠다. 준정이 울분을 삼키며 말했다.

"요 스님에게 캐물어야 할 내용이 많습니다. 결박하여 월궁으로 데려가지요. 목숨을 거두는 일은 그다음이라도 늦지 않습니다."

"요가 준정 원화를 설득했다는 말이 나오고 있어요. 원화까지 역모의 누명을 쓸 수 있으니, 요를 베세요! 태후의 명령입니다!"

준정이 검을 쥔 손에 힘을 주었으나 눈빛은 흔들리고 있었다.

"왕명을 거역하려는 겁니까? 요를 베시오!"

그 말이 떨어지기 전에 문을 뚫는 소리. 화살이 날아들었다. 화살이 남모의 어깨 위를 아슬아슬하게 스치고 지나갔다. 남모가 놀라서 움찔하는 사이 요가 남모의 칼을 빼앗았다. 요는 재빨리 남모의 목을 겨누었다.

"보아라, 준정아. 왕족들은 이토록 이기적이야. 쓸모가 없어지면 누구나 죽이는 것을 서슴지 않지."

준정이 낮게 부르짖었다.

"검을 내리세요. 제 검이 스승님을 찌르기 전에, 내리시지요."

요는 노려보는 남모의 눈길을 피하지 않고 비웃었다.

"난 준정처럼 마음이 약하지 않아. 나야말로 공주를 이 자리에서 바로 베어주지."

요가 검을 높이 들었다. 순간 준정의 칼이 요의 검을 막았다.

검이 부딪히는 소리가 날카롭게 울렸다. 남모를 노린 요의 검이 문살을 베었다. 남모는 방문을 넘어뜨리고 밖으로 나갔다. 마당에는 삿갓을 쓴 남자가 활을 들고 서 있었다. 그가 남모를 향해 활을 겨누었다.

"뭘 망설이느냐? 빨리 쏴라!"

요가 소리쳤다. 그때, 백마를 타고 마당으로 달려 들어오는 사람이 있었다. 그는 흰옷자락을 날리며 칼을 뽑았다.

"백아!"

남모가 부르짖었다. 삿갓을 쓴 남자가 활을 쏘려 했으나, 백마의 발길질에 그는 뒤로 넘어져버렸다.

"남모 공주! 괜찮으시오?"

요의 눈썹이 꿈틀거리며 분노를 드러냈다.

"네가 본분을 잊은 백제 왕자로군."

요가 준정에게서 몸을 돌려 남모를 향하는 순간, 준정이 칼등으로 요의 팔을 내리쳤다. 요가 남모의 칼을 떨어뜨렸다. 준정은 얼른 칼을 주워 말에 오르는 남모를 향해 던졌다. 칼을 받아 쥔 남모가 준정을 한 번 본 후, 백아와 함께 말을 달려 나갔다.

백아의 칼에 넘어졌던 남자가 일어나 말을 타고 그들을 뒤쫓왔다. 따라 나서려는 요 앞을 준정이 가로막았다.

"남모를 잡아야 한다."

"저는 당신을 어머니로, 스승으로 섬겼습니다."

"너는 나를 베지 못해. 그걸 알기 때문에 지소가 남모에게 널 죽이라고 했겠지. 준정아, 이제 신라는 너를 버렸다. 나를 따라가자!"

"배신은 스승님이 하셨지요."

요는 천천히 눈을 감았다가 떴다.

"검을 거두어라. 너와 나는 이제 같은 운명이다."

요에 대한 끓어오르는 분노로 준정의 칼끝이 떨리고 있었다. 스스로 원화 자리에서 물러나 부처님께 귀의하려 했지만, 모든 것이 처참하게 짓밟혀버렸다.

"부처님을 모시는 불자로서 어찌 이럴 수가 있습니까? 그동안 스님이 전했던 부처님의 말씀은 모두 거짓이었습니까?"

요의 눈가에 작은 떨림이 지나갔다.

"불도로는 이룰 수 없는 뜻도 있느니라."

"얼마나 고매한 뜻이기에 살생을 한단 말입니까? 스님은 감히 부처님을 이용하여 우리를 속이고 자신을 기만했습니다!"

다급한 말발굽 소리가 마당 안으로 달려들어 왔다. 삿갓을 쓰고 남모를 뒤쫓아 간 사내였다. 요가 그에게 다가가며 물었다.

"남모는 어디로 갔느냐?"

"황산강 쪽으로 갔습니다. 아마도 왜나 백제로 가는 배를 탈 듯합니다."

그제야 준정은 그를 알아보았다.

"너는, 천관이 아니냐!"

천관이 말에서 내려 준정에게 고개를 숙였다.

"원화님, 소신 천관이옵니다."

"네가 어찌 요 스님과 함께……."

요가 준정의 말을 가로막았다.

"일단 남모를 잡은 뒤 네 어미 이야길 마저 하자."

준정이 요의 팔을 붙들었다.

"남모 원화를 보내주세요. 모든 것을 버리고 백아공을 따라 나선 것입니다. 보내주십시오."

태후의 명도 원화 자리도 버리려는 남모의 마음을 준정도 믿고 싶었다. 그러나 요는 준정에게 칼을 겨누었다.

"남모는 내가 처리할 것이다!"

요는 말에 올라 천관과 함께 달려 나갔다. 준정은 활을 챙겨 말에 오르며 당황한 잠개에게 일렀다.

"내일 아침까지 내가 돌아오지 않으면, 이랑의 사가로 가서 내가 황산강으로 갔다고 일러라!"

준정은 말을 달렸다. 귀족 마을을 벗어나자 앞서 달리는 천관과 요의 말이 보이기 시작했다. 눈은 차츰 그치고 있었다.

남모가 지다

남모는 백아와 말을 달렸다. 새벽별이 스러져갈 즈음 황산강에 다다랐다. 차가운 기운을 뚫고 흐르는 물의 소리가 푸르게 들려왔다.

"믿어주어서 고맙소."

백아가 말고삐를 쥔 남모의 손을 꼭 쥐었다.

남모는 지소의 명을 거역할 수도 지킬 수도 없었다. 준정의 일은 준정 스스로에게 맡겨두기로 했다. 그 어떤 가치로도 백아에 대한 자신의 마음을 막을 수 없었다. 이 길이 자신을 나락으로 빠뜨려도 돌이킬 수 없었다.

둘은 말에서 내렸다. 옅은 달빛에 강이 은은한 모습을 드러냈다. 눈이 내린 땅은 죽은 듯이 고요하고 물은 살아남은 자들의 숨소리가 되어 쉼 없이 흐르고 있었다. 백아가 남모의 어깨를 껴안았다.

"이제 거의 다 왔어요. 조금만 더 가면 됩니다."

순간, 바람을 가르고 달려드는 화살 소리. 남모의 말이 앞발을 쳐들고 울부짖다 쓰러졌다. 몰아치듯 달려오는 말발굽 소리가 들렸다.

요와 천관이었다.

“어리석구나. 남모 공주, 제 어미의 운명을 그대로 따르고자 하는가?”

요의 외침에 백아가 남모를 자신의 등 뒤로 숨기며 칼을 뽑았다.

“남모 공주는 그대들과 상관없으니 고이 보내주시오.”

“백아! 자신의 본분을 잊고 적국의 공주에 빠져 이토록 무모한 짓을 하는가? 그대와 료헤이의 이야기는 왜관에 있는 이들에게서 진즉에 들었지. 가야 소국의 재건을 염원하는 우리와 뜻이 맞을 것으로 기대했건만!”

요가 말에서 내려 칼을 뽑았다.

“나는 그런 뜻에 동참할 수 없소. 목적을 위해 다른 사람을 해치는 것은 부질없는 살생일 뿐이오.”

“그 옛날 내 친구도 그렇게 말하며 나를 떠났지.”

요의 칼이 들어왔다. 백아와 요의 칼날이 미명의 어둠 속에서 서늘하게 부딪혔다. 남모는 천관에게 다가섰다. 천관은 두 손으로 검을 들고 서서 고통스러운 표정을 지었다. 남모와 천관의 검이 거세게 부딪혔다. 남모의 검은 틈을 주지 않고 천관을 밀어붙였다. 그러다 남모가 힘을 주는 반대편으로 천관이 급습했다. 남모가 천관의 검을 피하며 몸의 중심을 잃었다.

그때, 천관의 발 앞에 화살이 날아왔다. 준정이었다.

"요 스님!"

준정이 활을 겨눈 채 소리쳤다. 백아와 검으로 맞서고 있던 요가 움찔했다. 백아가 검으로 요를 밀어붙이고 남모의 앞을 막아섰다.

"남모 공주를 보내주십시오."

요가 자조하듯 웃었다.

"적을 어찌 그냥 보낸단 말이냐. 오래 함께했던 벗의 배신도 눈감아줄 수 없었다."

벗은 준정의 어머니를 말하는 듯했다. 어머니에게 활을 쏜 사람이 요였단 말인가. 설마 직접 활을 쏘았단 말인가? 그 옛날 어머니를 맞혔던 화살이 준정의 심장을 꿰뚫은 듯했다. 준정은 숨이 막히고 활을 든 손이 떨렸다.

요가 준정을 보는 사이 백아가 남모와 합세하여 천관에게 검을 휘둘렀다. 둘의 칼날이 차갑게 공기를 갈랐다. 천관이 옆구리를 맞고 칼을 떨어뜨렸다. 백아와 남모가 말에 올랐다. 요가 단검을 잡는 것을 보고 준정이 활을 쏘았다. 화살은 요의 손을 아슬아슬하게 스쳐 지나갔다. 백아와 남모가 탄 말은 하얀 눈보라를 일으키며 거칠게 달려갔다.

"천관아, 저들을 따라가라."

천관이 비틀거리며 말에 오르려 하자 준정이 말을 향해 활을 당겼다. 순간, 요가 단검을 날렸다. 준정의 어깨에 단검이 와 꽂혔다.

"윽!"

준정은 비틀거리며 활을 잡았으나 떨어뜨리고 말았다. 붉은 핏방울이 흰 눈에 번져갔다.

황산강의 끝자락, 눈이 군데군데 쌓인 절벽 밑으로 검푸른 바다가 일렁였다. 남모와 백아는 말에서 내려 절벽 아래를 보았다. 왜로 갈 배가 물결 따라 흔들리고 있었다.

백아와 남모가 언덕을 내려가려는데 천관과 요의 말이 달려왔다.

"남모! 너를 그냥 보낼 수 없다."

요가 검을 들고 그들 앞에 섰다. 백아가 남모 앞으로 나서 요와 마주 섰다.

"남모 공주는 아무 죄가 없소. 당신들의 이상이 높다고 들었소만, 그 이상을 위해 무고한 살생을 하려는 것이오?"

"대의를 위해 어쩔 수 없는 죽음이 따를 때도 있다."

요와 백아의 검이 부딪혔다. 바다로 내려가려던 남모가 검을 들고 백아 앞을 가로막았다.

"요 스님, 보내주십시오."

요는 쓴웃음을 지었다.

"너는 네 운명을 탓하여라. 낭도들을 앞세워 약한 나라를 공격하려는 신라가 너를 죽게 하는구나. 나는 신라를 막기 위해,

동지들을 위해, 원화를 죽일 수밖에 없다."

요가 검을 휘둘렀다. 남모의 어깨에 칼이 스쳤다. 백아가 요를 공격했다. 남모가 검을 고쳐 들자 천관이 막아섰다. 남모가 천관을 노려보았다. 이내 결심을 한듯 재빠르게 검을 휘둘렀다. 거세게 몰아붙이는 천관의 표정이 고뇌로 일그러져 있었다.

"천관, 너도 한때 신라의 낭도였거늘!"

"나도 자랑스러운 랑이 되고 싶었습니다! 그러나 나는 어디서나 천한 신분일 뿐이었소. 오직 스님만이 나를 구해주고 평등한 세상을 꿈꾸게 해주었소. 나는 그 세상을 지키기 위해 싸우는 것이오."

"무참한 살생으로 평등한 세상이 온다더냐? 왕족을 죽이면 평민들의 세상이 온다더냐?"

남모의 검이 차가운 바람을 일으켰다.

"대의를 이루기 위함이오! 평등한 세상을 위협하는 세력을 없애려는 것이오!"

천관의 검이 울부짖었다. 그의 검은 옷자락은 떨치지 못한 미련과 분노로 펄럭거렸다. 남모의 검이 흥분한 천관의 옆구리를 스쳤다. 몸의 중심을 잃고 비틀거리는 천관의 다리에 검이 스쳤다. 천관은 눈이 벌겋게 달아올랐다. 남모는 차가운 표정으로 한 치의 오차 없이 검을 휘둘렀다.

"이얏!"

천관의 검이 성급하게 남모에게 달려들었다. 남모는 몸을 돌리며 천관의 등을 길게 베었다. 천관은 칼을 떨어뜨리고 쓰러졌다. 그는 몸을 부르르 떨며 안타까운 눈길로 남모를 쳐다보았다. 무슨 말인가 하려고 했지만 천관은 곧 고개를 떨어뜨리고 말았다.

"백아! 백제의 왕자로 부끄럽지 않은가? 한낱 여자 때문에 백제를 버리는가?"

"백제를 위하는 사람은 나 아니라도 많을 것이다. 나는 백제를 온전히 내려놓고 한 여인을 위해 전부를 걸었다."

"어찌 큰 뜻을 버리고 일신의 안위만 생각하는가?"

"평생을 헤매 다니다가 이제야 내 사람을 만났거늘! 비키시오!"

백아의 하얀 옷자락이 바람을 일으켰다. 요의 재빠른 발놀림 끝에 눈이 물보라처럼 흩어졌다. 백아가 검으로 요를 밀어붙였지만 요의 몸은 미끄러지듯 움직이며 백아의 칼끝을 피했다.

남모가 외쳤다.

"요 스님! 나를 죽일 명분이 있다면 나와 겨루시오."

백아를 공격하던 요가 몸을 돌려 남모에게 칼을 들이댔다. 미처 칼을 들어 올릴 새도 없이 남모는 뒷걸음질 쳐 절벽 끝에 다다랐다. 요는 끝장을 보겠다는 듯이 검이 쳐들었다. 동시에 백아가 남모 앞을 막았다. 요의 검이 백아의 옆구리를 찔렀다.

"백아공!"

요가 칼을 빼냈다. 백아의 옆구리에서 피가 솟구쳤다. 몸에서 한꺼번에 모든 기운이 빠져나갔다. 온몸이 뜨거워지는 것을 느꼈다. 남모를 살려야 한다. 백아는 어지러웠던 머릿속이 오히려 환하게 정리되었다. 남모는 이미 그에게 모든 존재의 이유가 되었다. 목숨을 지켜야 한다.

요가 다시 검을 들자 남모가 백아 앞으로 나와 요의 검을 받았다. 남모의 표정이 서늘하게 바뀌었다.

요가 몸을 날려 남모의 가슴을 향해 검을 내리꽂았다. 남모는 몸을 돌려 검을 피하며 요의 다리를 노렸다. 종아리에 칼끝이 스쳤다. 붉은 피가 옷 위로 배어나왔다.

요의 칼이 빨라지며 남모를 밀어붙였다. 검이 부딪히는 소리가 요란한 후 요는 몸을 실어 달려들 듯 남모를 내리쳤다. 손목을 맞은 남모는 검을 떨어뜨렸다. 요가 마지막 한칼이라는 듯 검을 높이 쳐들었다.

"윽!"

남모를 베려던 요가 몸의 중심을 잃었다. 요의 다리에 화살이 꽂혔다. 칼을 땅에 꽂으며 뒤돌아보았다.

준정이 달려왔다. 그 사이에 남모는 떨어뜨린 검을 들었다. 쓰러졌던 백아가 비틀거리며 검을 짚고 일어섰다.

"공주, 먼저 몸을 피하세요."

다급하게 말했지만 남모는 고개를 저었다.

"내 손으로 요를!"

요가 절룩거리며 다가와 다시 남모를 공격했다. 준정이 활을 겨누었다.

"요 스님, 검을 내려놓으시오!"

그러나 요는 들은 척도 하지 않았다. 남모가 소리쳤다.

"활을 쏘시오!"

남모는 준정에게 애원과 명령을 동시에 날렸다. 그러나 남모의 푸른 옷과 요의 잿빛 승복은 격렬하게 뒤엉키었다 풀어지기를 반복했다. 두 사람은 절벽 끝에 서 있었다. 준정은 요의 허리를 겨냥했다. 남모가 요에게서 떨어져 몸을 돌리는 사이 화살을 날렸다. 화살은 요의 승복을 찢으며 아슬아슬하게 지나갔다. 화살 때문에 잠시 멈칫했던 남모와 요는 동시에 상대를 찔렀다. 요의 검이 남모의 배를 찌르고 남모의 검이 요의 옆구리에 박혔다.

"남모 공주!"

준정이 비명을 지르며 뛰어갔다. 백아가 쓰러지는 남모를 안았다.

"공주, 정신을 차리시오."

백아는 자신의 옷으로 남모의 상처를 눌렀다.

"당신의, 적 소리를 듣고 싶었는데……."

남모의 더운 피가 흥건하게 대지를 적셨다. 백아의 옆구리에서도 아직 피가 멎지 않았다. 백아가 고통스럽게 고개를 저었다.

"안 되오. 죽으면 안 돼! 당신을……."

“백아, 이제 당신만을 생각할 수 있게…….”

백아가 눈물을 떨어뜨리며 남모를 부둥켜안았다.

“백아, 함께 가요.”

남모는 왼팔로 백아의 목을 꼭 안았다. 그리고 마지막 남은 힘을 오른팔에 실어 검을 집었다. 백아의 숨결을 느끼며 검을 높이 쳐든 순간, 남모와 준정의 눈이 마주쳤다. 남모는 더 이상 미련이 없다는 듯 엷은 미소를 보였다. 준정은 남모가 무엇을 하려는지 알았다.

“안 돼!”

준정이 손을 내밀었지만, 남모는 검으로 끌어안은 백아의 허리를 깊숙이 찔렀다. 검은 백아를 관통하고 남모의 허리까지 박혔다. 남모와 백아는 서로의 눈을 마주 보았다. 백아가 떨리는 두 손으로 남모의 얼굴을 감싸 쥐었다. 백아의 입술이 남모의 뺨에 닿았다.

함께 가는 거예요. 백제도 신라도 없는 그곳으로.

남모의 팔이 힘없이 떨어질 때 두 사람의 몸은 절벽 아래로 떨어졌다. 준정이 달려가 절벽 아래를 내려다보았다. 검푸른 파도만 일렁일 뿐이었다.

인연과 업보

"준정아. 검을 들어라."

요는 옆구리에 피를 흘리며 서 있었다. 요의 찢어진 옷이 바람에 날리며 피를 뿌렸다. 바람에 흩어질 육신이거늘, 무엇 때문에 서로를 죽이려 합니까? 남모의 마지막 모습이 준정의 눈앞에서 사라지지 않았다. 준정은 천천히 눈을 감았다가 떴다.

"내 어머니 이야기를 하며, 그렇게 저와 함께 지낼 수도 있었을 것입니다."

준정에겐 스승이요 어머니 같은 요였다.

"이차돈을 따라 죽으려 할 때 왜 저를 살렸습니까? 왜 이런 업보를 짊어지게 하십니까?"

요와의 인연이 원망스러웠다.

대나무 숲에서 검을 휘두르고 있어야 했다. 바람과 바람 사이를 가르며 정확하게 베어라. 요는 그렇게 가르쳤다. 두 눈을 가리고 활을 쏘게 했다. 눈을 가려도 화살의 소리로 과녁을 볼 수 있어야 한다. 요는 그렇게 가르쳤다. 오랜 시간 요는 준정의 일부였다.

모든 집착과 물욕은 공으로 돌아가는 법이거늘, 무엇을 위해 서로 죽이려 한단 말입니까?

"검을 들어라."

준정은 손에 든 검을 눈 위에 내던졌다.

"가십시오."

준정이 돌아서서 한 걸음을 내딛었다. 준정의 발 앞에 단검이 와서 꽂혔다.

"나와 함께 가자."

솟아오르는 감정을 억누른 듯한 요의 목소리였다.

"함께 가자, 준정아."

너무 늦었습니다.

준정이 몇 걸음 더 나아갈 때였다. 눈보라를 일으키며 달려오는 이들이 있었다. 검은 옷을 입고 복면을 한 자들이 말을 타고 달려왔다.

"우리를 데리러 왔다. 나와 함께 간다고 하여라. 그래야 네가 살 수 있다."

요가 다급하게 말했다. 그들은 요의 무리였다. 그들은 말을 달리며 칼을 뽑아 들었다. 맨 앞에 달려오는 자가 준정을 겨냥하고 있었다. 살기가 묻어났다. 준정은 활을 들었다. 칼을 휘두르고 달려오는 자를 향해 활을 쏘았다. 요에게서 수련을 할 때처럼 한 순간의 여유도 주지 않고 과녁을 맞혔다. 과녁들은 모두 피를 흘리며 쓰러졌다. 쓰러졌던 한 명이 일어나 달려들었다. 준정이 몸을 돌려 활을 겨누었다. 이미 그가 눈앞에 칼을 들고 있었다.

"흑!"

칼을 든 사내가 두 눈을 부릅뜨고 준정의 눈앞에서 멈칫했다. 등에 단검이 꽂힌 채 푹 쓰러졌다. 요가 단검을 던진 것이었다. 준정이 요를 보았다. 요는 무표정하게 쓰러진 이를 바라보았다.

저로 하여금 또 무참한 살생을 하게 만드셨습니까?

준정은 목이 메어왔지만 돌아섰다. 등 뒤로 요가 달려오는 것이 느껴졌다. 준정은 몸을 돌려 요의 검을 피했다.

"나와 함께 가자."

"같이할 수 없습니다."

"나는 가야 한다. 내가 돌아가서 평등한 세상, 공정한 세상을 만들어야 한다."

"사람을 죽여서 만드는 세상이 도대체 무엇입니까?"

준정은 울음 섞인 목소리로 소리쳤다.

"그래, 죽였지. 나의 이상을 거부하는 자들은 모두 죽여야지."

"저를 죽이는 것도 스승님의 업보입니다."

준정이 다시 돌아서자 요는 준정의 검을 발 앞에 내던졌다.

"잠시 명분을 잊었구나. 나는 원화를 죽여야 하고, 너는 남모와 낭도들의 원한을 갚아야지."

요가 섬뜩하게 말했다.

"명분을 위해 살생을……. 차라리 저를 죽이세요."

준정의 말이 끝나기 전에 요의 칼끝이 준정의 옆구리를 스쳤다. 준정은 몸을 굴러 요를 피하며 자신도 모르게 눈 위에 떨어진 검을 들었다.

요의 눈빛이 선뜩해졌다. 준정을 향해 칼이 날아왔다. 요의 칼이 바람을 갈랐다. 준정은 몸을 날리며 바람을 피했다. 준정의 힘에 요가 뒤로 밀려 낭떠러지 앞에 섰다. 요의 검을 피하며 준정은 길게 검을 휘둘렀다.

"윽!"

요가 앞으로 꺼꾸러질 듯하다 검으로 땅을 짚었다. 피가 눈 위에 뿌려졌다.

요는 숨을 몰아쉬었다.

"준정아, 네 어미가 생각나는구나."

말을 하며 요는 주저앉고 말았다. 준정이 다가와 요를 내려다보았다. 검은 급소를 비켜 간 듯했다.

"저와의 업보가 끝나기를 바랍니다."

단검을 맞은 어깨에서 피가 멎지 않았다. 준정은 돌아서며 활을 집었다.

제발 여기서 끝내고 돌아가시오, 요 스님. 목숨은 살려두니 다시 검을 들지 마소서.

"주, 준정아."

요의 목소리에서 준정은 인연의 미련을 느꼈다. 준정은 활에 화살을 걸며 돌아보았다.

"나를, 죽이고 가거라."

요는 단검을 들고 있었다. 요가 단검을 날리려 팔을 드는 순간, 준정이 활을 쏘았다. 요는 단검을 자신의 심장에 꽂았다. 준정의 화살은 흰 눈 위에 꽂혔다.

요는 팔을 준정을 향해 뻗으며 무슨 말인가를 하려고 했다. 준정은 힘을 잃고 허리를 꺾은 채 쓰러지면서 요를 보았다.

죽으면 안 돼요! 부처님, 어찌하여 이런 고통을…….

"주, 준정아. 이제, 네 어미를 만나겠구나."

온 힘을 다해 마지막 말을 하며 요는 준정을 향해 손을 내뻗었다. 떨리는 손끝이 준정을 어루만지는 듯했다. 요는 눈밭에 엎어졌다.

"스승님!"

준정은 쓰러진 채 기어서 요에게 다가갔다. 무수한 계절이 피고 지는 동안 준정이 의지했던 요였다.

내 어머니에 대해 다정한 한 마디라도 들려주었더라면…….

단검에 박혔던 자리에서 피가 계속 흘렀다. 요는 준정을 향했던 손을 천천히 내렸다. 요의 눈길이 순해져 준정을 바라보았다.

준정, 너와 함께해서 좋았다.

요의 표정엔 아쉬움도 원망도 없었다. 준정이 다가가 그 손끝을 잡는 순간, 이제 되었다는 듯이 요의 눈이 스르륵 감기었다.

준정은 앞으로 쓰러졌다. 그녀의 눈앞이 희미해져왔다.

검푸르던 바다에 붉은빛이 일렁거렸다. 남모의 핏빛일까. 붉게 일렁이는 바다 너머로 해가 솟아오르려 했다. 숨이 찼다. 남모는 저 바다 속에서 해를 맞을까. 뜨거운 눈물이 흐르고 눈이 서서히 감겼다.

④

화랑

시샘은 칼이 되어

"그럴 리가 없습니다. 원화께서 돌아가시다니요!"

"준정 원화! 남모 원화! 두 분 다 돌아가셨단 말입니까?"

선화당에서 소식을 들은 랑들은 사색이 되었다. 몇몇은 넋이 나가 몸을 떨고 울었다. 침통한 얼굴로 이를 악물고 있던 위화랑이 물었다.

"시신은 어디 있습니까? 이랑과 비대공이 발견했다 들었습니다."

랑들의 울분 속에 말을 잇지 못하고 있던 지소가 대답했다.

"남모 원화의 시신은 군사들이 발견하여 병부로 옮겼소. 미진부가 시신을 확인하고 있습니다."

랑들은 고개를 떨어뜨리고 눈물을 흘렸다. 위화랑이 지소의 다음 말을 기다리다가 물었다.

"그럼, 준정 원화는?"

눈물을 떨어뜨리던 랑들이 일말의 기대를 품은 눈빛으로 지소를 간절하게 보았다.

"준정 원화는……. 시신은 발견하지 못했지만……."

"그럼, 살아 있을 수 있군요. 준정 원화는 살아 있을 겁니다!"

위화랑의 눈빛이 요동을 쳤다. 지소는 어렵게 입을 열었다.

"시신을 발견 못했으나 운명한 것으로 보이오. 준정의 칼이 절벽 위에 있었는데, 시신은 아마, 파도에 휩쓸리지 않았나 싶소. 남모의 시신도 바다에서 찾았소."

그러자 랑들이, 술렁거렸다. 준정이 살아 있을 거라는 기대만으로 랑들의 표정에 희망이 차올랐다.

"어허! 태후 앞에서 경거망동 마시게."

위화랑이 랑들을 제지하였으나 그의 얼굴도 희망으로 살아나고 있었다.

"태후 마마, 이랑과 비대공을 만나봐야겠습니다."

"지금 이사부와 미진부가 병부에서 조사를 하고 있소."

"낭도들의 일이니 제가 이랑과 비대공을 만나보겠습니다."

"안 되오!"

지소의 단호한 말에 위화랑의 눈썹이 꿈틀거렸다.

"요의 잔당이 있다면 아직도 낭도들을 노리고 있을지 몰라요. 이랑과 비대공을 보호하고 감시할 필요가 있소."

위화랑은 지소가 무언가 숨기고 있음을 느꼈다. 이랑과 비대공을 감시하다니, 그들은 죄인이 아니라 자랑스러운 낭도요, 원화 사건의 목격자였다.

"바다를 뒤져 시신을 찾고 있으니 좀 기다려보세요."

"낭도들을 풀어 황산강 근처를 살펴보겠습니다."

위화랑의 말에 낭도들이 이구동성으로 외쳤다.

"저희가 준정 원화를 찾아보겠습니다."

지소가 손바닥으로 책상을 쳤다.

"풍월주! 며칠 후면 낭도수련대회 아니오? 준정 한 사람 때문에 수련을 팽개칠 작정이오?"

화를 내는 지소에게 위화랑이 냉정하게 말했다.

"원화가 살아 있을 수도 있고, 만약 운명했다면 나라에서 그 시신이라도 찾는 것이 도리입니다. 원화가 월궁을 구하고 목숨이 어찌되었는지 모르는 상태에서……."

"준정은 죽었어요. 이랑과 비대공이 준정이 죽었을 거라고 했어요!"

랑들은 일제히 태후 앞에 무릎을 꿇었다.

"태후 마마, 준정 원화를 찾도록 허락해주십시오."

지소는 그들을 가만히 바라보다가 단호하게 일어났다.

"낭도들에게는 원화들의 죽음을 알리지 말고 계획대로 수련대회를 하도록 하세요."

랑들이 서로 마주보며 불안한 눈빛을 주고받았다. 위화랑이 머리를 조아리며 말했다.

"태후 마마, 황송하오나 그것은 아니 될 말씀입니다. 준정 원화는 생사를 모른다 하나 남모 원화는 시신까지 찾았습니다.

어찌 낭도들이 신라를 위해 싸우다 전사한 원화에게 예를 갖추지 않는단 말입니까?"

지소는 꿇어앉은 랑들을 가만히 바라보더니 선화당을 나갔다.

원화가 없으면 무엇도 할 수 없다는 듯이 말하지 않는가. 준정이 왕이라도 된 듯하지 않는가? 어린 왕에 대한 충성이 저러해야 할 것을!

새 왕이 등극한 후 처음으로 여는 낭도수련대회였다. 행사를 웅장하게 치러 새 왕의 위엄을 보여주라고 했건만! 지소는 병부로 향했다. 겹겹이 둘러싸인 옥문을 지키는 사람은 지소의 호위무사였다.

"정신을 차렸는가?"

"아직 기척이 없습니다. 내의가 와서 진맥을 하고 약을 억지로 입에 넣었습니다."

"아무도 접근하지 못하게 하게."

지소는 신신당부하고 내궁으로 향했다. 왕자궁 앞에도 호위무사를 세워놓았다. 지소가 방에 들었다.

"편히 쉬었는가?"

이랑은 겁에 질려 있으면서도 억울한 표정이었다. 비대공은 무표정한 얼굴이었다.

"잘 생각해봤는가?"

"예, 태후 마마. 준정 원화의 사가에 들기 전에 남모 원화께선 술을 좀 드셨고……."

"준정이 남모에게 술을 먹였는가?"

지소의 말에 비대공이 눈을 내리깔며 대답했다.

"그건 아니옵니다. 준정 원화께선 그 자리도 마다하셨는데, 남모 원화께서 권하셨습니다."

지소가 비대공을 노려보았다.

"저희가 황산강으로 달려갔을 때는 이미 준정 원화가 쓰러져 의식이 없는 상태였습니다. 요 스님과 그 잔당으로 보이는 복면의 사내들은 죽어 있었고, 절벽 아래를 내려다보니 파도에 사람이 밀리고 있어…… 흐흑! 남모 원화셨습니다."

지소는 감정이 북받치듯 눈을 감고 고개를 끄덕였다.

"이랑은 듣게. 낭도들이 의기가 상할 수 있으니 이 일은 당분간 발설하지 말게. 이번에 자네 공이 크니 상을 내리겠네. 자네를 이사부가 있던 동해의 장군으로 보내고자 하는데 어떠한가?"

"예?"

이랑이 눈물을 닦고 지소를 보았다.

"자네 조부께서 대아찬을 지내셨지. 자네에게 그보다 높은 파진찬의 벼슬을 주겠네. 이십대에 파진찬이라면, 왕족이라도 쉽지 않은 진급이지. 몇 년 후 서라벌로 돌아와 낭도를 이끌고 싶다면 랑을 맡기겠네. 어떠한가?"

이랑은 눈을 끔뻑이다 머리를 조아렸다.

"태후 마마, 큰 은혜를 입습니다. 하오나, 준정 원화께서 어찌 되셨는지 알지 못한 채……."

"자네가 여기 있으면 죽어가는 준정이 살아나는가?"

"어찌 그러하오리까. 하오나 준정 원화께선 사사로이는 저와 먼 친척으로……."

"알고 있네. 그러니 하는 말일세. 준정도 옆에 있으면 기뻐할 일이니, 그리 따르게."

지소는 호위무사를 불러 이랑을 이사부에게 데려가도록 했다. 그리고 꿈쩍 않는 비대공을 바라보았다.

"보시오. 비대공은 동해로 나가라는 나의 말을 오해했으나, 이랑은 고마워하지 않소? 비대공의 어머니인 옥진 궁주는 귀족으로 신분을 상승시켜주고 호위무사와 사모들을 붙여 그 위상을 높여주었소."

삼맥종이 태자가 된 후에 지소는 옥진의 지위를 높여주는 것으로 회유했다. 비대공의 바람막이인 준정이 없을 때 비대공도 처리해야 했다.

"비대공은 파진찬의 벼슬을 내려 실직으로 보낼 테니 그리하시오."

비대공이 꿇어앉아 엎드리며 머리를 방바닥에 대었다.

"태후 마마, 준정 원화께선 반드시 깨어날 것입니다."

"저잣거리에 준정이 남모를 죽였다는 소문이 돌고 있소."

비대공이 원망스러운 눈으로 지소를 보았다. 남모가 준정을 죽이길 바랐는데 남모가 죽었다. 사경을 헤매고 있는 준정이 이젠 아무 힘도 없으리라 여겼지만, 랑들은 준정을 찾고 있었다.

"랑들이 준정 원화를 뵙고 그 마지막이라도 함께하도록 은혜를 베풀어주시옵소서."

"큰일 날 소리! 준정이 남모를 죽였는지도 모르고, 요에 협력했는지도 모르오!"

"복면 사내들의 가슴에 꽂힌 화살이 모두 준정 원화의 화살이었습니다. 어찌 그런 말씀을 하십니까?"

"본 것을 절대 입에 담지 말라 일렀거늘. 또한, 당장 실직으로 가시오."

"준정 원화를 뵙게 해주십시오. 원화께선 분명 살아나실 것입니다."

"내 명을 거역하느냐?"

비대공이 지소를 안타깝게 바라보다 힘없이 눈길을 떨어뜨리며 말했다.

"태후 마마, 만에 하나라도 제가 마음에 걸리신다면, 궁에서 나가 중이 되겠습니다."

순간, 지소는 가슴이 뭉클해지며 코끝이 시려왔다.

이 어린아이를 상대로 내가 몹쓸 짓을 하는구나. 준정의 말대로 물 같은 심성의 아이거늘. 그토록 준정만 따르려 한단 말이냐.

비대공의 맑은 눈에 비친 자신의 모습이 비겁해 보여 지소는 눈을 질끈 감았다.

"소원이라면 그리 하시오. 단, 풍월주를 비롯한 그 누구도 만나지 말고 당장 궁을 나가야 하며, 준정에 대해서는 입 밖에 내지 마시오."

"예, 태후 마마. 하온데, 천관은 어찌되었습니까?"

"천관은, 죽었소."

지소는 문득 울컥하고 치밀어 오르는 감정을 억누르며 방을 나섰다.

지소는 월하정으로 걸음을 옮겼다. 얼마 전 월화정에서 남모를 보았을 때가 떠올랐다. 그리 얼굴이 말라가던 것이 백아 때문이었단 말인가? 그러나 귀족들에겐 백아의 존재를 비밀로 해야 했다. 남모는 오직 신라를 위해 싸우다 요를 처단하고 죽음을 맞이한 것이어야 했다. 그리고 준정은…….

"파진찬과 이찬이 뵙고자 합니다."

지소는 남당에 들기가 갑갑하여 월하정에 찻상을 준비하라 하고 사모들을 멀리 물리쳤다. 지소가 왕을 위한 측근으로 새로 뽑은 이찬과 파진찬이었다.

"저자에, 남모가 술에 취해 준정의 사가에 든 것을 보았다는 말들이 있습니다. 준정이 남모를 죽였다는 소문이 돌고 있어요."

"사실인지 알 수 없지요."

지소는 남모가 좋아하던 백제의 잔에 차를 마셨다.

"준정이 남모에게 술을 먹여 취하게 만든 후에, 죽여서 물에 빠뜨렸다는 말은 없던가요? 만약 준정이 요에 협력했다면, 그럴 수도 있지요."

파진찬과 이찬이 잠시 서로 얼굴을 마주 보았다.

"사람들은 그 말을 믿지 않으려 할 것입니다."

이찬의 말에 지소가 말했다.

"낭도들은 믿지 않겠지요. 허나 백성들은 무지하니 그 말을 믿을 수 있어요. 믿을 수 없는 말일수록 소문이 잘 되지요."

"그리 소문을 내면 원화와 낭도들의 위상이 문제가 되지 않겠습니까?"

파진찬이 씁쓸하게 말했다.

"이미 죽은 원화입니다. 위상이 떨어진 원화제도는 없애고, 새 왕이 강건한 제도를 새롭게 시작해야지요."

지소의 말에 이찬과 파진찬은 고개를 끄덕였다.

"소문을 이용한 후, 폐하의 은덕으로 그 소문을 잠재우면 됩니다."

비대공이 궁을 나갔다는 소식을 듣고 지소는 늦게야 잠자리에 들었다.

준정, 비대공을 끝까지 지키려 하더니, 비대공 역시 준정에 대한 신의를 지키는구나.

다음 날 아침이었다. 궁을 나갔던 비대공이 찾아와 지소를 뵙고자 했다. 지소를 보는 비대공의 눈에는 눈물이 어려 있었다.

"태후 마마, 준정 원화께서 깨어나셨습니다."

하늘의 별이 되는 꽃들

목탁소리가 스며들었다. 맑은 울림이 부드럽게 밀려오더니, 이내 푸른 물결이 되어 환하게 다가왔다.

"원화, 정신이 드시오?"

남모의 목소리인가. 준정은 천천히 눈을 떴다. 천상에서 온 듯한 여인이 자신을 내려다보고 있었다. 눈을 감았다가 다시 떴다. 자신을 내려다보는 여인은 벽에 그려진 약재보살이었다.

"정신이 드십니까?"

고개를 돌리자 지소가 보이고 뒤쪽으로 비대공의 모습이 보였다.

"남모 원화는……."

준정이 입을 열었다. 지소는 다가앉으며 준정의 얼굴을 들여다보았다. 준정은 몸을 일으키려고 했지만 어깨가 끊어질 듯이 아파왔다.

"누워 계세요. 심한 부상을 입었습니다."

"남모 원화는?"

지소가 한숨과 함께 내뱉었다.

"절벽 아래서 시신이 발견되었습니다……. 백아공과 함께요."

나무아미타불 관세음보살. 준정은 눈을 감았다.

"이랑과 비대공이 달려갔을 땐 이미 준정이 쓰러진 뒤라 들었어요."

그때서야 저만치 서 있던 비대공이 머리를 숙이며 떨리는 음성으로 한 마디 했다.

"원화께서 깨어나셔서 정말 다행입니다."

잠개에게 이야기를 들은 이랑과 비대공이 황산강으로 뒤쫓아 온 것이었다.

"깨어나셔서 다행입니다. 원화께서 요의 무리를 물리치고 월궁을 구하셨습니다."

남모가 죽었다. 그 마지막을 온전히 지키지도 못했다.

"제가, 제가, 남모 원화를 지키지 못했습니다, 흐흑!"

"운명입니다. 남모가 백아와 운명을 같이하여, 부처님의 품으로 갔습니다."

지소도 눈가에 고인 눈물을 찍어냈다. 그리고는 꺼내기 어려운 말인 듯 망설이다 입을 열었다.

"그런데, 백아를 관통하고 남모까지 찌른 검이……. 남모의 검이었습니다. 누가 두 사람을 찔렀습니까?"

남모의 마지막 장면이 떠올라 준정은 뱃속이 끊어지는 아픔을 느끼며 겨우 대답했다.

"남모 원화께선 요 스님의 칼에 부상을 입고……. 백아와 함께 자결을 하셨습니다. 제가 막지 못했습니다."

지소는 놀라서 잠시 말을 잇지 못했다.

"그랬군요. 결국 남모가 백아를 죽이고……. 그럴 수밖에 없었겠지요."

지소는 쓰라린 목소리로 말하며 긴 한숨을 내쉬었다.

준정은 문득 길가에서 아이들이 부르던 노래가 떠올랐다. 꽃들은 죽어 다시 하늘의 별이 된다고 했던가. 진정 두 원화의 운명을 알고 부른 노래인가.

준정은 힘없이 말했다.

"태후 마마, 저도 죽은 걸로 해주십시오. 제 임무를 다하지 못했습니다. 저를 원화에서 폐하여주십시오."

준정이 살고 남모가 죽은 것이 지소로서도 달갑지 않을 것이다. 그러나 지소는 준정의 말에 고개를 저었다.

"원화! 그것은 안 될 말씀입니다. 요가 준정 원화를 회유하려 들었겠지만, 원화가 받아들이지 않았겠지요."

비대공이 비통한 음성으로 나지막이 말했다.

"원화께선 우리 낭도들의 기둥입니다. 그런 말씀은 하지 마십시오."

"일단은 몸을 잘 추스르세요. 혹여 요의 잔당이 목숨을 노릴까 염려되어 원화를 여기 모신 것은 몇몇에게만 일러두었습니다."

지소는 일어나려다가 준정을 가만히 보며 회한에 젖은 목소리로 말했다.

"준정 원화와 남모, 나, 이렇게 세 사람이 랑이 되어 낭도들을 이끌던 시절이 문득 그립습니다. 신라의 여인으로 낭도들을 가르치는 우리 몫은 다했나 봅니다. 이제 가야국들을 통합하고 전쟁을 하는 일은 장수들에게 맡겨야 할 때입니다. 그 누가 남모와 준정 원화의 역할을 대신할 수 있겠습니까?"

"태후 마마."

"예."

준정은 지소에게 가슴에 품은 마지막 말을 하듯 간절히 말했다.

"또다시 천관과 같은 낭도가 나오지 않도록 평민 낭도들을 귀족 자제들과 공평하게 대해주십시오. 신분으로 인해 부당한 대우를 받는 백성이 없도록 보살펴주십시오. 그것이 부처님의 뜻이 아닐는지요?"

태후의 얼굴에 잠시 수심이 일렁거렸다.

"원화, 천관은…… 아니, 아니에요. 원화의 말씀 잊지 않겠습니다."

지소 태후가 나간 뒤에야 준정은 방 안이 낯설게 다가왔다. 가까이 오지도 못하고 문 앞에 서 있는 비대공에게 물었다.

"여기가 어딥니까?"

비대공이 다가와 앉아 대답했다.

"애공사입니다. 일전에 애공사 주지 스님께서 낭도들에게 설법을 하신 적이 있는데, 주지 스님께서 의술에도 능하셨습니다. 하여, 월궁까지 가기 전 다급하여 이리로 모셨습니다."

준정은 비대공을 올려다보고 손을 내밀었다. 비대공이 잠시 망설이다 준정의 손을 잡았다. 단단하고도 부드러운 손이 준정의 손을 잡고 천천히 힘을 주었다. 비로소 준정은 자신이 살아 있음을 느꼈다.

"고맙습니다, 왕자님."

"흑, 원화님! 흐흐흑! 목숨을 보전하셔서 고맙습니다. 원화께 제가 아무 힘이 되지 못해 죽고만 싶었습니다!"

비대공이 참았던 울음을 터뜨렸다. 그 울음에, 준정을 향한 서러움과 안타까움, 살아 있음에 감사한 마음이 다 들어 있었다.

"제가 여기 온 지 며칠이나 되었습니까?"

"닷새째입니다."

닷새…….

"남모 원화와 백아, 요 스님과 천관, 모두 죽고 나만 살아남았다니……."

"그런데 원화."

비대공이 눈물을 닦았다.

"천관은, 천관은 저와 이랑이 갔을 때 살아 있었습니다. 이후에, 낭도들이 바다에서 남모 원화의 시신을 건지고 나서 보니, 요와 천관을 이송한 후였습니다. 그런데 나중에 죽었다고 하였습니다."

"왕자님, 천관이 살아 있었다고요?"

"숨이 붙어 있었는데, 시신은 확인하지 못했습니다. 그리고, 저는 이제 왕자도 아닙니다."

왕자가 아니라니. 그 사이에 무슨 일이 있었단 말인가. 준정은 마음이 아려왔다. 비대공은 월궁 밖의 사가에서 생활한다고 했다. 결국 지소가 힘없는 비대공을 마지막까지 내몰았는가 싶었다. 준정의 마음을 읽은 듯 비대공이 웃어 보였다.

"준정 원화께서 저를 끝까지 보호해주신 것 압니다. 허나, 원화께서도 아시겠지만, 제겐 왕자의 자리가 늘 부담스러웠습니다. 하여 스스로 궁을 나왔습니다."

심성이 맑은 비대공이었다.

"원화께서 잘못되셨더라면, 그야말로 저도……."

"살아 있다는 게 고마운 일인지 모르겠습니다."

그 바닷가 절벽 위에 아무도 오지 않았다면 어찌 되었을까. 살아난 것이 기뻐할 일인가. 천관은 서라벌에 와서 죽었단 말인가. 준정은 눈물을 보이지 않으려고 고개를 돌려 눈을 감았다.

저녁 공양이 끝난 후였다. 법흥왕이 준정을 찾아왔다.

왕은 삼맥종에게 왕위를 넘겨준 후, 흥륜사에 들어가 승복을 입었다. 사람들은 선왕의 공적을 칭송하며 그에게 시호를 붙였다. 시호란 본래 왕이 타계한 후에 그 공덕을 찬양하여 붙이는 것이지만, 백성들은 그를 법흥왕이라고 불렀다. 신라의 기틀을 마련하고 율법을 제정하였다 하여 법흥이라고 했다. 불법을 흥하게 하였다고 법흥이라고도 하였다.

그는 머리를 깎지는 않았으나 승복을 입고 손에 염주를 들었다. 몸은 노쇠하였으나 얼굴이 맑아 부처님께 귀의한 사람의 비범함이 느껴졌다. 준정은 몸을 일으키려 했으나 어깨를 꼼짝할 수가 없었다.

"누워 있게."

법흥왕이 준정 옆에 앉았다. 준정은 그를 바로 쳐다보지 못했다. 남모가 죽었다. 딸을 잃은 그의 마음을 차마 헤아릴 수 없었다. 법흥왕이 준정의 손을 가만히 잡아주었다.

"큰일을 했네. 요는 자네의 스승이었지 않은가. 자네의 마음이 어떠했을지 짐작이 가네."

준정은 목이 메여왔다. 이런 인연이었다면 섬기지 않았을 것을, 인연의 끝을 어찌 알겠습니까?

"허나 요는 준정 자네가 아니면 끝낼 수 없는 인물이었지. 자네가 요를 막지 못했다면…… 생각도 할 수 없네."

요의 마지막 모습이 눈앞에 스쳐 지나갔다. 그리고 남모의 마지막 모습이 떠올랐다. 준정은 입술을 깨물었다. 남모 원화를 지키지 못한 죄를 물어주십시오.

"내가 자네에게 빚이 많네. 이차돈을 죽게 하고, 낭도들을 위해 그대를 원화로 세우고…… 이토록 험한 일을 겪게 했으니 말일세."

법흥왕은 준정의 손을 잡고 토닥거렸다.

"몸을 잘 회복하여 자랑스러운 원화로 낭도들 앞에 서주게."

준정이 법흥왕이 잡은 손에 힘을 주었다.

"폐하. 미천한 제가 이토록 자랑스러울 수 있게 해주셔서 감사합니다. 허나 저는 죽은 것으로 해주십시오. 저들은 신라의 힘이 될 낭도들을 와해시키기 위해 원화를 없애려 했습니다. 제가 죽은 것으로 하여 모든 화의 근원을 지우십시오."

그러자 법흥왕이 목소리를 높였다.

"그럴 수는 없네! 지소가 와서 그 같은 말을 하기에, 호통을 쳤네. 어찌 자네를 낭도들의 마음속에서 죽일 수 있단 말인가?"

빼내려는 그의 손을 준정이 힘 있게 잡았다. 준정은 입술을 달싹거리다가 겨우 말했다. 준정 앞에서 남모를 입에 올리지 않는 법흥왕의 마음을 준정은 헤아리고 있었다.

"남모 원화를 지키지 못하고 어찌 제 홀로 원화 자리에 설 수 있단 말입니까? 준정은 이미 죽었습니다. 폐하께서도 죽은 것으로 해주십시오."

"그만두게!"

법흥왕의 손이 떨리는 것을 준정은 느꼈다. 그의 눈에도 눈물이 고였다. 법흥왕은 손을 빼내고 일어났다.

"몸을 회복하시게."

돌아서는 법흥왕의 마음이 무너져내리는 것을 준정은 알았다.

며칠이 지나서 준정은 걸을 수 있게 되었다. 그제야 애공사에서 준정의 사가에 연락을 넣었다. 해 질 녘에 잠개가 찾아왔다.

"원화님! 저희는 원화님께서 잘못되신 줄만 알고, 흐흐흑! 부처님, 감사합니다, 나무아미타불 관세음보살."

잠개는 두 손을 모아 합장했다.

"그런데 원화님, 저잣거리에 괴이한 노래가 유행하고 있습니다. 두 원화에 대한 노래이온데, 그 노래를 듣고 얼마나 가슴이 내려앉았는지 모릅니다."

"시샘이 칼이 되어 서로를 겨누어, 하늘의 별이 된단 노래 말이냐?"

"알고 계셨습니까?"

"전에 들은 적이 있다."

그런데 잠개는 무슨 말을 차마 하지 못하는 듯 입술을 달싹거리며 준정의 눈치를 살폈다.

"하온데, 참으로 망측하게도, 이 말씀을 안 드릴 수가 없습니다요. 남모 원화께서 칼에 찔려 돌아가셨는데, 그것이, 망측하게도, 그 노랫말처럼, 준정 원화의 칼에……. 흑, 송구합니다요."

요의 단검에 찔린 어깨가 불에 댄 듯 아파왔다. 남모를 준정이 죽였다는 소문이 나고 있단 말이었다. 왜 그런 말이 났을까. 누가 악의적으로 퍼뜨린 말일까. 남모를 구하지 못한 자책감이 뱃속을 찔렀다.

"준정 원화가 남모 원화에 술을 먹여 죽이고, 물에 빠뜨린 후 어디론가 도망쳤다고……. 입에 담을 수 없는 말이지만 억울해서 말씀드립니다요!"

비대공이 며칠 동안 애공사에 드나들었지만 비대공은 그런 이야기를 전하지 않았다. 준정은 가만히 눈을 감고 나무아미타불을 외웠다.

어차피 자신은 죽은 것이다. 죽은 목숨이니 무엇이 억울할까. 관세음보살.

랑의 기원

"풍월주! 세간의 소문을 들으셨습니까? 준정 원화가 남모 원화를 죽였다는, 망측한 소문이 돕니다! 시신도 찾지 못한 준정 원화를 이렇게 욕보이다니요!"

"낭도들이 술렁이고 있습니다. 아무도 그 소문을 믿지 않습니다. 모두들 수련대회를 금오산에서 할 것이 아니라, 황산강으로 가 준정 원화의 시신이라도 찾고 영혼이라도 보살펴야 한다고 합니다."

선화당에서 랑들이 흥분하여 목소리를 높였다. 위화랑이 생각에 잠겨 있는데, 사모가 와서 태후의 명을 전하였다.

"풍월주와 랑들께선 급히 남당으로 들라 하십니다."

귀족들의 회의에 참석하라는 전갈이었다. 위화랑이 랑들과 함께 남당에 들었더니 예상한 대로 자주색 관복을 입은 귀족들이 앉아 있었다.

가운데 상석에 앉은 태후가 일렀다.

"죄인을 끌고 오라."

승복을 입은 한 남자가 다리를 절며 끌려 나왔다. 그는 몸의 한쪽이 마비된 듯 왼쪽 팔과 왼쪽 다리를 쓰지 못하고 질질 끌려 나왔다. 이사부와 미진부는 이미 그를 알고 있는 듯 고개를 들지 않고 침통한 표정을 지었다. 귀족들은 그를 몰라보았으나 랑들은 그를 보고 깜짝 놀랐다.

"너는 천관이 아니냐!"

랑들은 숨을 죽이고 위화랑만이 낮게 부르짖었다. 천관은 체념한 듯 눈을 내리깔고만 있었다.

"이 자는 낭도에 있었으나, 난을 일으켜 낭도에서 쫓겨난 후 앙심을 품고 요의 무리와 반역에 가담한 자요. 남모 원화와 준정 원화의 최후를 보았을 게 분명하여, 최근 항간에 떠도는 소문의 진상을 밝히기 위해 내가 그대들 앞에 불렀소. 허나 이번 일을 계기로 두 원화의 얘기를 두 번 다시 입에 담는 자가 있으면 그 자의 목을 칠 것이오!"

지소가 천관을 보았다. 천관은 입술을 실룩거렸다.

"제가 섬기던 요 스님은, 남모 원화의 칼에 죽었습니다."

좌중에는 숨소리만 들릴 뿐이었다.

"준정 원화가, 준정 원화가, 남모 원화를 베었습니다. 그리고 준정 원화는 그 시신을 바다에 떨어뜨렸고, 제가, 제가, 준정 원화를, 죽였습니다."

저런! 분통을 터뜨리는 거친 숨소리가 터져 나왔다. 순간 위화랑이 벌떡 일어나 달려 나왔다.

"네 이놈, 천관! 누구의 사주를 받고 그런 헛소리를 지껄이는 것이냐!"

이사부가 위화랑을 저지했다.

"풍월주! 태후 마마 앞이오. 흥분을 거두시오."

위화랑은 미진부를 돌아보았다.

"미진부는 이 말을 믿는가?"

미진부는 고개를 들지 않았다. 위화랑은 태후 앞에 엎드렸다.

"태후 마마! 준정의 성정을 누구보다 잘 아실 것입니다. 이놈은 거짓말을 하고 있습니다."

지소는 두 주먹을 부르르 떨었다.

"내가 이 자를 증인으로 삼은 것은, 이제 일을 매듭지어야 할 때이기 때문이오!"

"하오나 태후 마마! 천관은 거짓말을 하고 있습니다!"

"이 자가 거짓말을 하는지 무엇으로 증명할 수 있소?"

태후를 올려다보는 위화랑의 두 눈이 붉어져 있었다. 태후가 귀족들을 보며 소리쳤다.

"하여 나는 원화제도를 폐지하려 하오. 이번 낭도수련대회를 마친 후 실력 있는 낭도들을 뽑아 새로운 제도를 만들었으면 하오."

귀족들은 서로 얼굴을 마주 보았다.

"더이상 사실인지 아닌지 따질 일이 아니오. 이미 항간의 소문으로 원화와 낭도의 위상은 추락하고 말았소. 원화를 폐지하고 새로운 제도를 만들어 왕을 중심으로 낭도들이 화합하여 강건한 신라를 건설해야 하오!"

위화랑은 고개를 떨어뜨리고 말했다.

"원화의 폐지에 찬성합니다. 이제 누가 있어 준정과 남모의 역할을 할 수 있겠습니까?"

천관의 말을 믿는 귀족도 있고 그렇지 않은 사람도 있었다. 원화 일은 함구하라 하니, 귀족들은 이틀 뒤로 다가온 낭도수련대회를 성대하게 치를 계획을 세웠다. 랑들은 묵묵히 듣고만 있었다.

그날 밤, 위화랑은 은밀히 미진부를 찾아갔다.

"천관에게 안내하게."

미진부는 망설였으나 풍월주의 말을 거역할 수 없었다. 위화랑은 옥에 갇힌 천관을 끌어냈다.

"태후가 묻는다면 내가 책임질 터이니 자네는 모른 체하게."

천관은 죽은 체하여 들것에 실려 월궁에서 나왔다. 위화랑은 곧장 흥륜사의 법흥왕을 찾아갔다. 잠자리에 들었던 법흥왕이 놀라 일어났다.

"선왕 폐하. 이놈을 아시겠습니까? 천관이옵니다."

천관은 몸을 제대로 가누지 못해 비스듬히 절을 올렸다. 위화랑은 지소가 천관을 앞세워 귀족들 앞에서 한 이야기를 전했다. 법흥왕이 천관을 바라보고 천천히 물었다.

"네가 진정 보았느냐?"

천관은 울음을 참으며 말했다.

"아니옵니다. 소인은 남모 원화님의 칼을 맞아 쓰러져 정신을 잃었습니다. 저는 아무 장면도 보지 못했습니다. 정신을 차렸을 때는 옥에 갇혀 있었습니다."

"왜 거짓말을 하였느냐? 지소가 시켰느냐?"

천관은 고개를 떨어뜨리고 말없이 눈물을 흘렸다.

"하오나 진정으로 그 말을 따른 것은 아닙니다. 반드시 살아나가 진실을 말해야 했기에, 목숨을 지키고자 거짓을 고했습니다. 준정 원화께선 반드시 살아계실 거라 믿었기에……."

법흥왕은 고개를 끄덕였다.

"너는 본시 재능이 뛰어나고 마음이 순박했다. 준정은 그런 너의 성정을 잘 알았을 것이야. 지소가 알면 위험하니, 너는 이 밤으로 서라벌을 떠나 다른 절에 가 있도록 해라. 내, 서찰을 적어 호위무사를 붙여주겠다."

천관을 보낸 뒤 법흥왕이 위화랑에게 말했다.

"낭도들이 걱정하는 바를 모르지는 않으나, 조심하느라 말하지 않았네. 준정이 살아 있네."

위화랑은 합장하며 부처님을 부르짖었다.

준정은 잠개에 의지하여 방문을 열고 나왔다. 어스름의 햇살 아래서도 연둣빛 향이 느껴졌다. 물결무늬의 노을이 금오산에서 애공사 쪽으로 밀려오고 있었다.

준정은 애공사를 천천히 둘러보았다. 애공사는 낮은 산에 병풍처럼 서 있는 석벽의 보호를 받고 있었다. 작은 절집 마당에는 삼층 석탑이 서 있었다. 절 뒤쪽은 산 중턱으로 막혀 있었는데, 석벽을 짚으며 천천히 걷던 준정은 모퉁이에서 동굴이 있는 것을 보았다. 커다란 바위와 나무로 가려져 있는데, 조심스럽게 내려가 보니 동굴이었다. 동굴 안쪽은 사람이 서서 걸어갈 수 있을 정도의 높이가 되었다.

"잠개야, 저 안에 들어가 보자."

만류하는 잠개를 데리고 준정은 어두운 동굴 속으로 걸어 들어갔다. 안으로 들어갈수록 점점 좁아지더니 맨 안쪽에는 위쪽에 작은 구멍이 나 있어 한 줄기 빛이 가느다랗게 들어왔다.

마음을 추스르기에 좋은 곳이구나.

동굴의 바위에서 풍기는 서늘함과 곱곱한 습기가 다정하게 느껴졌다.

"잠개야, 내가 애공사에 있다는 사실은 달래와 유모에게도 비밀이니라. 알겠지?"

잠개는 입술을 깨물고 고개를 끄덕였다.

동굴에서 나오자 주지 스님이 급히 다가와 일렀다.

"선왕폐하께서 오셨습니다."

준정이 합장을 하며 방에 들자 법흥왕과 위화랑이 함께 앉아 있었다. 위화랑은 준정을 보고 입술을 깨물며 감격스러워했다.

월궁 안의 이야기를 전해 들은 준정은 동요하지 않았다.

"저는 이미 죽은 목숨입니다. 제가 이제 무엇을 하겠습니까?"

위화랑이 바짝 다가앉았다.

"내일 낭도수련대회를 하오. 낭도들은 원화의 생사도 모르고, 세간의 해괴한 소문으로 준정 원화의 명예를 욕보인 채, 대회에 임할 수 없다고 하고 있소. 월궁 안에서의 행사야 태후와 귀족들 앞에서 형식적으로 행한다 하나, 금오산에 가지 않겠다고 하오. 모두 황산강으로 가 준정 원화의 시신이라도 찾아야 한다고 하고 있소."

준정은 낭도들을 생각하자 가슴이 미어져왔다. 이미 죽은 자신을 위해 낭도들이 흔들리는 것이 죄스러웠다.

"허나, 태후께선 깊은 뜻이 있으십니다. 강건한 왕권을 위해 원화를 폐하고자 하심이겠지요. 그 뜻을 따라야 합니다."

"그러기 위해선 원화가 그 끝을 명예롭게 맺어줘야 하오. 내일 금오산에서 한 번만 낭도들 앞에 서주시오. 원화는 태후보다 낭도를 위하는 마음이 앞서는 사람이오. 원화를 내세우고자 함이 아니라, 원화제도를 명예롭게 폐하기 위함이오."

위화랑은 준정에게 천관의 이야기는 하지 않았다.

다음 날 오후였다. 월궁을 나온 낭도들은 터벅터벅 걸어 금오산으로 향했다. 금오산 앞에서 한바탕 실랑이가 일었다. 랑들이 위화랑에게 항의하여 황산강으로 가야 한다며 일제히 금오산행을 거부하고 나섰다. 위화랑은 주변을 둘러보며 무언가를 찾았으나 낙담하고 말았다. 산을 오르는 길은 험하지 않았으나 낭도들은 힘들어 하고 길은 더디었다. 산중턱까지 가지 못하고 산 아래쪽 평원에 자리를 잡고 앉았다.

그때, 한 낭도가 소리쳤다.

"원화!"

낭도들이 일제히 소리 나는 곳을 보았다. 평평한 바위 위에 말을 탄 준정이 서 있었다. 낭도들은 함성을 질렀다.

"준정 원화! 준정 원화! 준정 원화!"

준정이 말을 탄 채 바위 위에서 낭도들을 향해 다가왔다. 원화 복장이 아닌 낭도 복장을 하고 있었다. 랑들이 일제히 달려와 그 앞에 무릎을 꿇으며 울음을 터뜨렸다. 살아계실 줄 알았습니다, 살아계셔서 감사합니다. 흐느끼는 랑들의 마음고생이 어떠했을지 준정은 짐작할 수 있었다. 준정은 목이 메어왔지만 낭도들 앞으로 나섰다.

"낭도들이여!"

감격의 환호성을 지르던 낭도들이 조용해졌다.

"낭도들이 있었기에 월궁을 위협하는 무리를 물리칠 수 있었습니다."

그 말에 낭도들이 다시 함성을 질렀다.

"낭도들이 있었기에 남모 원화와 저는 부끄럽지 않은 원화가 될 수 있었습니다. 그러나 이제 원화는 그 역할이 끝났습니다. 여러분 속에는 이미 원화가 있습니다. 낭도들은 이전의 원화보다 나은 시대를 이끌어가야 합니다. 이것은 물이 흘러가는 이치

와 같습니다."

낭도들은 두 손을 꼭 잡고 눈물을 참으며 준정의 말을 경청했다. 그중 어린 낭도 한 명이 랑들 앞으로 달려 나와 부르짖었다.

"원화님! 가지 마세요. 원화님이 계셔야 해요!"

준정은 그 낭도를 알아보았다. 천관이 난을 일으켰을 때 그 앞을 가로막아 칼을 맞았던 가람 낭도였다. 준정은 가람 앞으로 다가가 그 눈을 들여다보며 말했다.

"가람 낭도. 낭도가 이미 원화입니다!"

그 말에 가람의 얼굴이 감격스럽게 빛났다. 준정은 다시 낭도들을 보고 힘있게 외쳤다.

"낭도 한 사람 한 사람이 모두 원화입니다. 낭도들이 모두 원화입니다!"

낭도들은 얼굴에서 눈물이 멈추고 자랑스럽게 서로의 얼굴을 마주 보았다.

"낭도들은 이미 원화를 넘어 새로운 랑으로 거듭나고 있습니다. 여러분이 그 새로운 랑의 자랑스러운 시작입니다. 낭도 한 사람 한 사람이 모두 화랑의 기원입니다!"

와! 하는 함성이 금오산을 흔들었다. 랑들은 일어나서 환호하는 낭도들을 보았다. 위화랑도 미진부도 눈물을 글썽였다. 이사부가 멀리서 지켜보며 준정을 향해 허리를 숙였다.

화랑

금오산에서 자신을 붙드는 랑들을 뒤로 한 채 준정은 말없이 돌아섰다. 애공사에 내려온 후 준정은 다시 심하게 아팠다. 지소가 왔으나 만나지 못하고 돌아갔다.

이윽고 찾아온 법흥왕이 말했다.

"'화랑(花郞)'*이라고 하기로 했네."

"화랑, 이라고요?"

"그렇네. 화랑. 어떠한가? 원화의 낭도들이란 의미가 있고, 또 초대 풍월주인 위화랑의 이름이기도 하고. 해서 화랑이라 이름 지었네."

"화랑, 참으로 적절한 듯합니다."

"자네도 흡족해하니 다행이네. 곧 화백회의를 열어 화랑의 탄생을 공포하려 하네. 원화들이 없었다면 어찌 화랑이 있었겠

---

* 신라 시대의 청소년 수련 조직. 여성 우두머리가 낭도를 거느리는 원화제도로 시작한 후, 진흥왕 시기에 화랑을 창설하여 많은 인재를 배출하였다.

나? 원화는 화랑을 탄생시키기 위해, 숭고한 꽃이 되어 자신을 희생해주었어."

법흥왕은 화랑제도에 대해 찬찬히 설명했다.

"몸을 회복하여 자랑스러운 원화로서 화랑의 모습을 지켜봐 주게."

"폐하, 이미 준정 원화는 이 세상에 없습니다."

고개를 숙이는 준정을 법흥왕은 안타깝게 바라보았다.

풍요로운 햇살이 잎들을 돋우어 온 천지가 푸르게 숨을 쉬었다. 몸을 회복한 준정이 주지 스님과 마주 앉았다.

"보살펴주신 은덕 잊지 않겠습니다."

주지 스님은 합장을 하며 웃었다.

"화랑의 임관식 때까지 원화를 낫게 하여야 한다고 선왕 폐하께서 간곡히 부탁하셨지요."

"그런데 스님, 절 뒤편 석벽 아래 동굴이 있던데요."

주지는 놀라는 표정을 지었다.

"거기를 가보셨습니까?"

준정은 망설이다 물었다.

"스님, 제가 그 동굴에서 마음을 추스르는 기도를 해도 되겠습니까?"

주지의 얼굴에서 웃음이 걷혔다.

"아직 몸이 온전하지 않은데…… 월궁에는 들어가지 않겠단 말씀입니까?"

준정은 주지 앞에 무릎을 꿇었다.

"스님, 저는 이제 이 세상 사람이 아닙니다. 저는 이차돈께서 순교하신 이후로 불교에 귀의하고자 했으나, 업보로 인해 여기까지 왔습니다. 이제 마음을 닦고 부처님께 귀의하고자 합니다. 뭇 사람들에겐 제가 애공사에서 사라졌다고 해주십시오."

주지는 고개를 저었다.

"사람은 누구나 자기 몫의 생을 사는 법입니다. 그것이 부처님의 뜻이지, 세상을 버리는 것만이 부처님께 다가가는 법은 아닙니다."

준정은 머리를 조아렸다.

"스님, 제가 할 일은 더 이상 없습니다. 부처님의 품으로 보내주십시오."

주지는 한참 동안 준정을 바라보았다. 말갛던 주지의 표정에 근심이 어렸다.

"선왕폐하께는 고해야 하지 않겠습니까?"

"아닙니다. 그냥 사라진 걸로 해주십시오."

주지는 열린 법당 문밖으로 눈을 돌렸다. 바람이 지나는지 여린 잎들이 몸을 뒤집었다.

그 뒤, 지소가 다시 애공사를 찾았으나, 준정은 흔적 없이 사라진 후였다.

월궁에서 화랑의 임관식이 거대하게 행해졌다. 지소 태후는 모든 귀족들 앞에서 화랑제도의 시작을 알렸다. 그리고 직접 남모 원화에 대한 추모의 제를 올렸다.

"월궁을 침입한 불측한 무리를 물리치고 남모 원화는 산화했습니다. 그동안 낭도들을 이끌어온 원화의 넋이 극락세계에서 영면하기를 바랍니다."

그리고 준정을 말하며 지소는 잠시 눈을 감았다가 떴다.

"준정 원화는 신라를 위해, 우리 낭도들을 위해 끝까지 희생하였습니다. 지금 이 하늘 아래 있다면 서라벌 낭도들의 안녕을 부처님께 기원할 것입니다. 신라 화랑의 역사를 두 원화께서 발원하셨습니다. 우리는 두 원화를 잊지 않을 것입니다."

지소의 낭랑하고도 근엄한 목소리에 낭도들은 눈물을 훔쳤다. 엄숙하게 제를 올린 뒤, 위화랑을 초대 풍월주에 임명하고, 미진부를 차기 풍월주로 지명하였다. 그리고 우두머리 화랑들의 임관식까지 화려하게 행하였다. 법흥왕이 직접 풍월주를 임명할 예정이었으나 몸져눕는 바람에 참석하지 못했다.

남모의 제를 지낸 뒤 보과 부인은 남모가 주고 간 은팔찌를 안고 눈물을 쏟았다. 남모를 보듯 팔찌를 어루만지다가 문득, 용머리를 돌리자 팔찌가 둘로 갈라지고 작게 말아놓은 비단이 나왔다. 비단조각을 펼치자 남모의 글씨가 보였다.

어머니, 소녀는 먼 나라로 떠납니다. 어떤 소문이 돌더라도 믿지 마십시오. 남모는 영원히 어머니 곁에 있습니다.

그 즈음 애공사 석벽에는 잠개가 관세음보살 상을 새기고 있었다. 준정을 기리는 의미에서 관세음보살 상을 새기도록 주지 스님이 허락한 것이라 했다. 여름날이라 잠개는 밤에도 불을 피워 석벽을 쪼았다. 관세음보살의 부드러운 선이 흐릿하게나마 드러나고, 잠개는 그 얼굴을 새기는 데 심혈을 기울였다. 온화한 미소가 드러날수록 관세음보살의 얼굴이 준정을 닮았다고 했다.

어느 날, 정과 망치를 잠시 놓은 잠개가 조용히 주지를 찾아왔다. 잠개는 눈가가 벌겋게 충혈되고 목이 꽉 잠기어 있었다.

"스님, 그동안 눕지도 않고 앉아서 기도만 하셨는데……."

잠개는 코를 훌쩍거렸다.

"하루에 한 번, 생보리 가루와 솔잎 가루, 콩 열 알씩을 드셨는데……."

주지가 무언가를 결심하는 낯빛으로 관세음보살을 외웠다.

"그런데, 그마저 입에 대지 않으신 지 사흘째입니다. 흐흑!"

주지는 깊은 숨을 내쉬며 다시 관세음보살을 외웠다. 어둠이 내린 후, 주지는 흥륜사로 내려갔다.

법흥왕은 며칠 전부터 자리에 누웠다 일어나기를 반복하고 있었다. 주지를 맞이하는 그의 눈빛은 오히려 맑았다. 세상사를 내려놓으니 맑은 기운으로만 가득 찬 표정이었다.

"폐하, 준정 원화께서 장좌불와*에 들어간 지 두 달이 넘었습니다. 그런데 사흘 전부터 곡기를 끊으셨다 합니다."

깜짝 놀라며 주지를 바라보는 법흥왕의 눈에 물결이 출렁거렸다.

"알겠네."

다음 날 새벽, 법흥왕의 곁을 지키던 비대공이 애공사로 왔다. 비대공은 잠개가 관세음보살을 새기고 있는 석벽으로 향했다. 잠개는 정과 망치를 놓고, 떠오르는 해를 향해 기도를 하고 있었다. 관세음보살을 새기며 준정을 돌보고 있는 잠개는 스님이 다 되어 있었다. 비대공은 그런 잠개를 향해 합장했다. 잠개도 합장을 한 후 아무 말도 없이 석벽 아래의 동굴 쪽으로 향했다.

잠개는 입구를 지키고 비대공이 조심스럽게 동굴 안으로 들어갔다. 안쪽까지 걸어 들어갔을 때 상서로운 기운이 느껴졌다. 서늘하고 맑은 기운이 동굴 안을 가득 메우고 있었다. 벽을 향해 가부좌를 틀고 앉은 여인의 모습이 흐릿하게 보였다. 조금 더 다가가자 마침 떠오른 해가 머리 위에서 한 줄기 빛을 내려주었다. 여인의 얼굴 위로 오라가 가득 피어올랐다.

준정은 하얗게 마른 채 움직임이 없었다. 몸을 감싼 승복마저 손을 대면 바스락 소리를 내며 부서질 것 같았다. 천상에서

---

* 결코 눕지 아니하고 꼿꼿이 앉은 채로만 수행하는 방법

내려온 빛 한 줄기가 준정의 얼굴에 머물러 있었다. 비대공은 조금 더 다가가 조용히 엎드렸다. 절을 하고 조심스럽게 준정을 보았지만 준정은 움직이지 않았다. 기품 있는 콧대와 다문 입술의 선이 단아해 보였다. 감은 두 눈은 신성한 기운을 받아들이고 닫힌 듯 움직임이 없었다. 비대공은 조심스럽게 손가락을 코 밑에 대어보았다. 준정은 숨을 쉬지 않았다.

비대공은 물러나 엎드리며 흐느꼈다.

"준정 원화께서 입적하셨습니다."

동굴 앞을 지키고 있던 잠개도 무너져 내렸다. 잠개를 내려다보는 석벽의 관세음보살 얼굴에 햇살이 들기 시작했다.

법흥왕은 꿈을 꾸었다. 이차돈이 그의 오른쪽에 서 있었고 준정이 그의 왼편으로 다가와 합장을 하였다. 그것이 준정이 보내는 마지막 인사 같았다. 그들은 부처님의 미소를 띠고 발아래의 서라벌을 내려다보았다.

꿈에서 깨어나자, 비대공이 와서 준정이 입적했음을 알렸다.

"태후를 부르거라."

법흥왕의 눈앞에 준정이 어른거렸다. 젊은 시절, 이차돈의 집 앞에서 보았던 앳된 소녀의 모습이었다. 법흥왕은 미소를 지었다.

법흥왕이 위독하다는 소식을 들은 태후가 왕과 함께 달려왔다.

"내 무덤은 작게 하여 아무런 치장도 하지 말고, 애공사 북쪽에 묻어라."

법흥왕의 눈앞엔 준정이 관음보살의 미소를 보이고 서 있었다. 그 모습을 품으려는 듯 눈을 감으며 말했다.

"화랑으로 신라를 번성하게 하라."

법흥왕은 잠개가 석벽에 조각한 관세음보살상을 지키려는 듯 애공사 북쪽의 작은 무덤 안에 누웠다. 540년 7월이었다. 비대공은 머리를 깎고 애공사의 스님이 되었다.

지소 태후는 원화의 추모일과 법흥왕의 기일이 오면 화랑들과 함께 애공사에 들러 관세음보살상 앞에서 제를 올리며 예를 다했다.

떠오르는 해가 관세음보살을 비추면 그 얼굴이 뿜어내는 상서로운 기운이 서라벌 들판을 가득 메웠다. 관세음보살의 얼굴이 준정의 모습이었다. 준정은 그렇게 서라벌을 내려다보며 화랑들을 굽어살폈다.

* 기록에 의하면 지소 태후는 10년간 섭정하였으며, 그 후 진흥왕이 직접 정사를 돌보며 화랑을 통해 신라의 부흥을 이끌었다.
금관가야의 왕자였던 김무력은 후에 백제와의 전투에서 성왕을 죽이고, 그의 손자 김유신은 화랑들을 이끌어 삼국통일의 기반을 마련한다.
법흥왕의 묘는 현재, 웅장한 왕릉들이 즐비한 경주 시내에서 벗어나 효현동의 교외에 소박하게 마련되어 있다.

* 화랑의 근간이 된 두 원화에 대해 삼국사기와 삼국유사에서는 아래와 같이 짤막하게 전할 뿐이다.

> 아름다운 두 여자를 원화로 뽑아서 무리들을 맡게 하였다. 두 여인이 아름다움을 다투어 서로 질투했는데, 준정이 남모를 자기 집에 유인해 억지로 술을 권해 취하게 되자 끌고 가서 강물에 던져 죽였다. 준정이 사형에 처해지자 무리들은 화목을 잃고 흩어지고 말았다. -『삼국사기』

> 교정(준정)은 남모를 질투했다. (그래서) 술자리를 마련해 남모에게 (술을) 많이 마시게 하고, 취하게 되자 몰래 북천(北川)으로 메고 가서 돌로 묻어서 죽였다. (그러나) 그 음모를 아는 사람이 있어서 노래를 지어 동네 아이들을 꾀어 거리에서 부르게 했다. 남모의 무리들이 노래를 듣고, 그 시체를 북천에서 찾아내고 곧 교정랑을 죽였다. 이에 대왕은 영을 내려서 원화를 폐지시켰다. -『삼국유사』

김문주

2000년 문학사상사 장편동화 신인상 공모전에 당선되면서 여러 권의 장편 동화를 출간했다. 2016년 오랜 관심이 있었던 역사 소설을 쓰기로 결심하고 신라 화랑의 뿌리가 된 원화源花를 소재로 한 소설을 쓰게 되었다. 저서로 역사소설 『부여의자』, 장편 동화 『학폭위 열리는 날』, 『왕따 없는 교실』 등이 있다.

:: 산지니 · 해피북미디어가 펴낸 큰글씨책 ::

문학

보약과 상약 김소희 지음
우리들은 없어지지 않았어 이병철 산문집
닥터 아나키스트 정영인 지음
팔팔 끓고 나서 4분간 정우련 소설집
실금 하나 정정화 소설집
시로부터 최영철 산문집
베를린 육아 1년 남정미 지음
유방암이지만 비키니는 입고 싶어 미스킴라일락 지음
내가 선택한 일터, 싱가포르에서 임효진 지음
내일을 생각하는 오늘의 식탁 전혜연 지음
이렇게 웃고 살아도 되나 조혜원 지음
랑(전2권) 김문주 장편소설
데린쿠유(전2권) 안지숙 장편소설
볼리비아 우표(전2권) 강이라 소설집
마니석, 고요한 울림(전2권) 페마체덴 지음 | 김미헌 옮김
방마다 문이 열리고 최시은 소설집
해상화열전(전6권) 한방경 지음 | 김영옥 옮김
유산(전2권) 박정선 장편소설
신불산(전2권) 안재성 지음
나의 아버지 박판수(전2권) 안재성 지음
나는 장성택입니다(전2권) 정광모 소설집
우리들, 킴(전2권) 황은덕 소설집
거기서, 도란도란(전2권) 이상섭 팩션집
폭식광대 권리 소설집
생각하는 사람들(전2권) 정영선 장편소설
삼겹살(전2권) 정형남 장편소설
1980(전2권) 노재열 장편소설
물의 시간(전2권) 정영선 장편소설
나는 나(전2권) 가네코 후미코 옥중수기
토스쿠(전2권) 정광모 장편소설
가을의 유머 박정선 장편소설
붉은 등, 닫힌 문, 출구 없음(전2권) 김비 장편소설
편지 정태규 창작집
진경산수 정형남 소설집
노루똥 정형남 소설집
유마도(전2권) 강남주 장편소설
레드 아일랜드(전2권) 김유철 장편소설
화염의 탑(전2권) 후루카와 가오루 지음 | 조정민 옮김
감꽃 떨어질 때(전2권) 정형남 장편소설
칼춤(전2권) 김춘복 장편소설
목화-소설 문익점(전2권) 표성흠 장편소설
번개와 천둥(전2권) 이규정 장편소설
밤의 눈(전2권) 조갑상 장편소설
사할린(전5권) 이규정 현장취재 장편소설
테하차피의 달 조갑상 소설집
무위능력 김종목 시조집
금정산을 보냈다 최영철 시집

인문

엔딩 노트 이기숙 지음
시칠리아 풍경 아서 스탠리 리그스 지음 | 김희정 옮김
고종, 근대 지식을 읽다 윤지양 지음
골목상인 분투기 이정식 지음
다시 시월 1979 10 · 16부마항쟁연구소 엮음
중국 내셔널리즘 오노데라 시로 지음 | 김하림 옮김
파리의 독립운동가 서영해 정상천 지음
삼국유사, 바다를 만나다 정천구 지음
대한민국 명찰답사 33 한정갑 지음
효 사상과 불교 도웅스님 지음
지역에서 행복하게 출판하기 강수걸 외 지음
재미있는 사찰이야기 한정갑 지음
귀농, 참 좋다 장병윤 지음
당당한 안녕-죽음을 배우다 이기숙 지음
모녀5세대 이기숙 지음
한 권으로 읽는 중국문화 공봉진 · 이강인 · 조윤경 지음
차의 책 The Book of Tea
오카쿠라 텐신 지음 | 정천구 옮김
불교(佛敎)와 마음 황정원 지음
논어, 그 일상의 정치(전5권) 정천구 지음
중용, 어울림의 길(전3권) 정천구 지음
맹자, 시대를 찌르다(전5권) 정천구 지음
한비자, 난세의 통치학(전5권) 정천구 지음
대학, 정치를 배우다(전4권) 정천구 지음